BESTSELLER

Javier Reverte (Madrid, 1944) es un escritor de dilatada experiencia y autor de una obra singular que incluye novelas, libros de viaje y dos poemarios. Formado en el periodismo, oficio que desempeñó durante casi treinta años tanto en medios escritos como audiovisuales, en la actualidad se dedica plenamente a la literatura y ha logrado en pocos años ser uno de los escritores más leídos de España. Entre sus libros de viaje, que han tenido un eco enorme entre los lectores, destacan los títulos: *El sueño de África* (1996), *Vagabundo en África* (1998) y *Los caminos perdidos de África* (2002), que conforman la Trilogía de África, así como *Corazón de Ulises* (1999), *El río de la desolación* (2004), *La aventura de viajar* (2006), *El río de la luz* (2009), *En mares salvajes* (2011) y *Colinas que arden, lagos de fuego* (2012). Ha escrito, además, la biografía de Pedro Páez, el primer europeo que alcanzó las fuentes del Nilo Azul en Etiopía, bajo el título de *Dios, el diablo y la aventura* (2001). En el terreno de la ficción ha publicado, entre otras novelas, *Lord Paco* (1985), *Campos de fresa para siempre* (1986), la Trilogía de Centroamérica –formada por *Los dioses debajo de la lluvia* (1986), *El aroma del copal* (1989) y *El hombre de la guerra* (1992)–, *Todos los sueños del mundo* (1999), *La noche detenida* (I Premio de Novela Ciudad de Torrevieja, 2002), *El médico de Ifni* (2005), *Venga a nosotros tu reino* (2008), *Barrio Cero* (2010) y *La canción de Mbama* (2011).

Biblioteca
JAVIER REVERTE

La canción de Mbama
Una historia africana

DEBOLS!LLO

Esta novela fue publicada originalmente en 2007 en Círculo de Lectores con el título de *Una historia africana*

Primera edición en Debolsillo: febrero, 2013

© 2007, Javier Reverte
© 2011, Random House Mondadori, S. A.
  Travessera de Gràcia, 47-49. 08021 Barcelona

Quedan prohibidos, dentro de los límites establecidos en la ley y bajo los apercibimientos legalmente previstos, la reproducción total o parcial de esta obra por cualquier medio o procedimiento, ya sea electrónico o mecánico, el tratamiento informático, el alquiler o cualquier otra forma de cesión de la obra sin la autorización previa y por escrito de los titulares del *copyright*. Diríjase a CEDRO (Centro Español de Derechos Reprográficos, http://www.cedro.org) si necesita fotocopiar o escanear algún fragmento de esta obra.

Printed in Spain – Impreso en España

ISBN: 978-84-9032-113-3 (vol. 523/14)
Depósito legal: B-28793-2012

Compuesto en Anglofort, S. A.

Impreso en Novoprint, S. A.
Energia, 53. Sant Andreu de la Barca (Barcelona)

P 321133

*A la Asociación Africanista
Manuel Iradier, de Vitoria*

Un corazón caído no puede ser salvado.

Proverbio africano

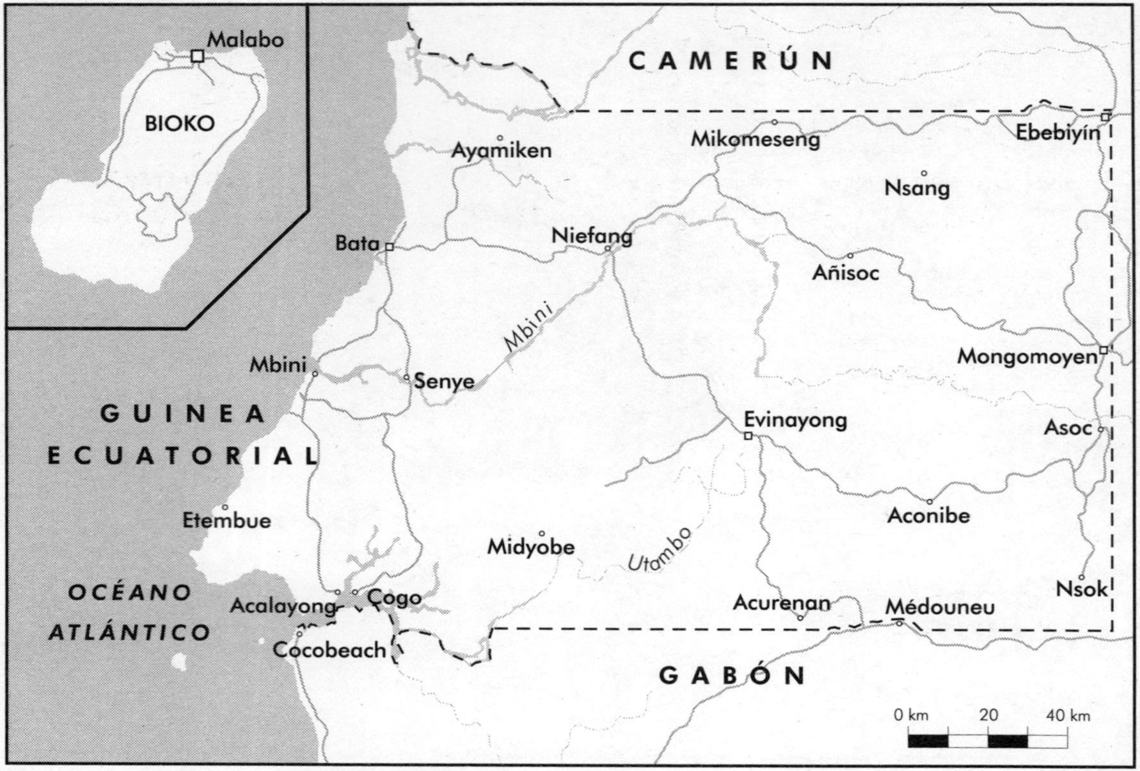
Malabo
BIOKO
CAMERÚN
Ayamiken
Mikomeseng
Ebebiyín
Nsang
Bata
Niefang
Añisoc
Mbini
Mongomoyen
Mbini
Senye
GUINEA
ECUATORIAL
Evinayong
Asoc
Etembue
Aconibe
Midyobe
Utambo
Nsok
OCÉANO
ATLÁNTICO
Acalayong
Cogo
Acurenan
Médouneu
Cocobeach
GABÓN
0 km
20
40 km

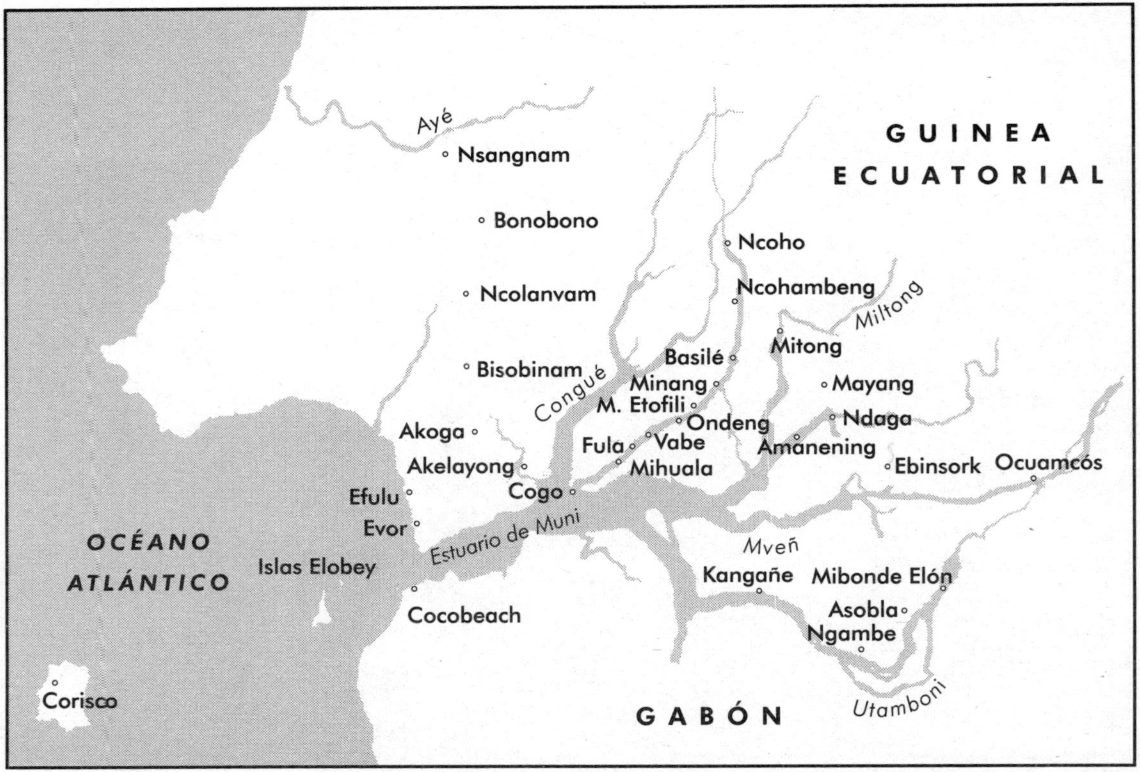
GUINEA
ECUATORIAL
Ayé
Nsangnam
Bonobono
Ncoho
Ncolanvam
Ncohambeng
Miltong
Mitong
Basilé
Bisobinam
Congué
Minang
Mayang
M. Etofili
Ondeng
Ndaga
Akoga
Fula
Vabe
Amanening
Akelayong
Mihuala
Ebinsork
Ocuamcós
Efulu
Cogo
Evor
Estuario de Muni
Mveñ
OCÉANO
ATLÁNTICO
Islas Elobey
Kangañe
Mibonde Elón
Asobla
Cocobeach
Ngambe
Corisco
GABÓN
Utamboni

I

Cogo es una pequeña ciudad del sur de Guinea Ecuatorial, habitada por un millar de almas. Se sitúa en el lugar en donde confluyen los ríos Utamboni, Mveñ, Miltong y Congué para formar un gran estuario. A la región se la nomina como Río Muni, cuando en realidad no hay tal río, sino un anchuroso delta que se abre brioso sobre el Atlántico.

La calle principal de la población corre a la orilla del agua, que en función de las corrientes y las mareas es a ciertas horas salada y, en otras, dulce. Allí se encuentran los humildes colmados, el escuálido embarcadero de cayucos, los ruidosos bares, un par de hostales de suelo de tierra alisada, algunos comedores, en donde a menudo no tienen nada que ofrecer, una iglesia católica de empinadas escalinatas que recuerda al palacio del Conde Drácula, un colegio de monjas españolas, el puesto de policía, las ruinas del viejo aserradero de una empresa vasca y, en el extremo oriental, el barrio popular de Cogo Chico. La fuerza militar tiene su cuartel en el lado sur, en las afueras de la ciudad.

Hacia el interior, entre las arboledas de mangos, naranjos y bananos, se agrupan, encogidos y temerosos, algunos barrios de viviendas miserables. En una elevada colina que mira hacia occidente y que domina la calle principal de la ciudad y el estuario, se alza un decrépito hospital construido en la época de la colonia española y una sólida casa de dos plantas desde donde se contemplan espléndidos atardeceres, en los días claros, y un cortinón grisáceo y metálico cuando se desatan las enfurecidas lluvias del trópico. También se distinguen desde allí, al sur, los edificios de Cocobeach, la primera ciudad gabonesa, y a su derecha, el perfil achaparrado de las dos islas Elobey, que desde la distancia parecen una sola.

El nombre es masculino, de modo que a una de ellas se la denomina Elobey Grande y, a la otra, Elobey Chico. La primera alberga a una treintena de pobladores y la segunda permanece deshabitada desde principios del pasado siglo.

El delta del Muni marca la frontera de Guinea Ecuatorial con Gabón y está rodeado en ambas riberas por una densa selva tropical que habitan boas huidizas y monos gritadores. El clima es muy caluroso durante todo el año y, en la época húmeda, llueve copiosamente todas las tardes. Toscos cayucos de madera, a menudo impulsados por remos o por velas fabricadas con bolsas de basura de plástico negro, surcan durante el día las aguas del estuario. Y algunos de ellos, los gobernados por pilotos más bravos, resisten las tardes de violenta lluvia y retan el malhumor del cielo y del mar, balanceándose como espectros oscuros sobre la tenebrosa superficie del Muni.

En el estuario se mezclan las aguas saladas del mar con las dulces de los ríos, de modo que las especies marinas y fluviales conviven en sus profundidades. Hasta los muelles de Cogo llegan a veces temibles tiburones blancos y, en ocasiones, en las pequeñas playas más alejadas del océano, se han capturado grandes y feroces cocodrilos.

Las únicas vías de comunicación de Cogo son la carretera que lleva a Bata, situada a ciento cincuenta kilómetros al norte, y la pista que conduce a Mbini, emplazada a unos ochenta, también en dirección norte. La carretera de Bata comenzó a asfaltarse hace pocos años y la distancia puede cubrirse en dos horas. Para utilizar la pista de Mbini, es preciso cruzar el estuario en cayuco hasta alcanzar la localidad de Akelayong, de donde arranca la polvorienta vía de la estación seca, que se convierte en un hosco barrizal durante la época de las lluvias. A otras poblaciones del interior, únicamente es posible llegar navegando aguas arriba del Congué, el Miltong, el Mveñ y el Utamboni.

En Cogo no hay tendido de luz eléctrica. Cuatro horas al día, después de la caída de la tarde, funciona un generador municipal, pero con frecuencia se estropea, y son muy pocas las viviendas y comercios que se alumbran con un generador propio. Cogo no cuenta con agua corriente ni con alcantarillado. La comida escasea en la ciudad y sólo quienes poseen cayucos pueden abastecerse con regularidad, cuando hay urgencia, en el mercado de la cercana Cocobeach, adonde sólo puede llegarse cruzando el Muni.

El doctor Luis Urzaiz vivía en la casa de dos plantas vecina al hospital. Su sala era como un balcón sobre el estuario y la selva, uno de los escenarios más pobres y bellos de África.

Algunos días, a media mañana, el vaho que brotaba del río se encendía y reptaba sobre la tierra como un animal anhelante. Luego, despacio, conforme avanzaba la tarde, la calima iba trepando hasta enredarse entre las ramas de los altos árboles de la isla de enfrente, un terruño pequeño y deshabitado, de forma redonda y cubierto de profusa vegetación que a la caída de la tarde se poblaba de murciélagos. Más adelante, al alcanzar sus copas, la bruma parecía quedarse allí a esperar la llegada de la noche. Pero enseguida se esponjaba y cegaba la visión de la costa gabonesa del lado meridional del estuario. Otras veces, sin embargo, el viento limpiaba el cielo de vapores y alcanzaban a verse las casas blanquecinas de Cocobeach y la sombra verdosa de las dos Elobey.

Ningún atardecer se parecía a otro, pensaba Luis Urzaiz, tendido en la hamaca de la terraza, mientras seguía con ojos fatigados el ceremonial del ocaso y notaba crecer la fiebre en el interior de su cuerpo. Era un día húmedo y caluroso, de nubes indecisas, con truenos que sonaban en la lejanía, a sus espaldas, y que parecían acercarse. Sin embargo, pensó, no podría asegurar si al fin descargaría la tormenta. La lluvia siempre era imprevisible en Cogo. Como la vida en aquel lugar perdido de África.

Corría el año 2004, a comienzos del otoño, la estación menos saludable en aquella pequeña villa guineana a la que había llegado treinta y siete años atrás, al poco de haber terminado sus estudios de medicina en Pamplona. Luis tenía sesenta y cuatro años y habían transcurrido casi ocho desde la última vez que viajó a su país.

Aquel día, mediada ya la tarde, Melita regresó de su trabajo y se acercó a él, besó su frente y, mirándole desde la hondura inmensa de sus ojos, con los sensuales labios abiertos en una desbocada sonrisa que dejaba ver su luminosa dentadura, preguntó:

—¿Qué tal pasaste la tarde, mi amor?

—Creo que la fiebre ha subido un poco más que otros días. Hoy he notado tus labios fríos. Y nunca han sido fríos.

—¿Has tomado el medicamento?

—Escolástica me lo trajo. Pero no lo he tomado. Que suba la fiebre quiere decir que la enfermedad se rompe.

Melita se echó hacia atrás.

—¿Por qué lo has hecho?

—¿A qué te refieres?

— Dejar las pastillas.

—El Larián enloquece. Hay que tomar muy poco, sólo lo necesario...

—Las medicinas hacen falta, mi amor...

—¿Has olvidado que yo soy el médico? Un medicamento es sólo química, no un milagro. Me curaré, sé cómo hacerlo. De hecho, ya estoy curado, sólo hay que dejar trabajar al cuerpo.

—Creo que deberías haberte quedado en el hospital.

—Ay, Melita. —Luis compuso un gesto de fatiga—. La fase hospitalaria ha terminado, allí sólo soy un estorbo. El riñón no está dañado, el hígado se irá recuperando lentamente, la anemia es cosa de tiempo... Estoy bien en casa. Y además, ¿qué vas a contarme del hospital si lo levanté yo? Sé mejor que nadie para qué sirve y para qué no.

Melita respiró hondo y alzó los hombros, resignada.

—No he visto a Escolástica al llegar, ¿se ha ido ya?

—Le di permiso para que se marchara a casa; su hijo está enfermo.

—¿Donatito?, ¿qué le pasa?

—¿Qué ha de ser? Lo que nos sucede a todos tarde o temprano en este maldito país: malaria.

—No maldigas mi tierra, doctor Luis. Yo sé que

la amas, como me amas a mí. Te traeré agua fría y una toalla mojada, para refrescarte los brazos y el pecho.

Ella tenía razón: las amaba a las dos, a Melita y a Guinea, el país al que había consagrado todas sus energías, el lugar del mundo en el que había volcado el caudal de sus esfuerzos y sus sentidos, la tierra por la que había sacrificado su vida entera. Y también el país que, en cierto modo, le había convertido en un prisionero durante años.

Pensó ahora, de pronto, que su estancia de muchos años en África y su biografía no se reducían a las de un médico como cualquier otro afincado en una región insalubre. Él había hecho mucho más, había ayudado a levantar un hospital, había salvado decenas o quién sabe si centenares de vidas, había logrado establecer un pequeño rincón de esperanza en un territorio azotado por las enfermedades, la desidia, el robo, la corrupción, la incultura y, en ocasiones, el crimen. Su tarea no había sido humana, sino en cierto sentido casi la de un titán. De alguna manera pensaba que la suya era la biografía de un mártir. Podría decir, también, que por causa de Guinea había ganado casi todo y perdido cuanto poseía. Vivía una existencia extraña, se dijo, quizás la de un héroe perdido en un rincón remoto del mundo. Ahora se preguntaba: ¿y olvidado también y para siempre?

Melita regresaba a la terraza. Se había cambiado de ropa y cubría su hermoso cuerpo con una ligera bata de algodón amarillo. Sus pechos se movían, sueltos y alegres, bajo la liviana tela, mientras caminaba sinuosa, descalza, sobre el entarimado de madera pulida y brillante.

Urzaiz dio un largo sorbo del vaso que le ofrecía la muchacha. Ella arrimó una silla a la hamaca, se sentó a su lado, le desabrochó los botones de la camisa del pijama y comenzó a frotarle el pecho con la toalla húmeda, mansamente, sin urgencia.

—¿Te refresca, doctor?

—Hummm —ronroneó Luis Urzaiz con los ojos cerrados—. Es agradable, aunque no cure nada.

—Lo importante es que te guste, mi amor.

Era una estupenda muchacha, pensó el médico mientras ella seguía aliviándole del calor con la toalla mojada. La había conocido quince años atrás, cuando ingresó de urgencia en el hospital atacada por la malaria, un día caluroso de principios de enero. Él mismo la atendió y permaneció, sumido en la perplejidad, mirándola, al lado de las enfermeras que la desnudaban y volvían a vestirla con un camisón de algodón azul. Cuando le inyectó el goteo de suero en la vena, el roce de aquella piel suave le estremeció.

Nunca pensaba en los desnudos de sus pacientes femeninos cuando trabajaba, pero el caso de Melita fue distinto. Aquel cuerpo parecía esculpido como las afroditas de Praxiteles, sinuoso y sugerente, perfecto de proporciones, ni grueso ni delgado, carnoso sin ser blando, firme sin llegar a parecer atlético. Su rostro poseía la belleza de las mujeres de origen ndowe, las que los españoles de la época colonial llamaban «playeras»: la sonrisa ancha y ebúrnea, los labios gruesos y largos, la nariz afilada, la frente ancha, los ojos negros que ardían con la luz del carbón, el cutis sedoso y del color de una madera del ébano tocada por una delicada luz rosada. Sus pechos, no demasiado grandes, nacían formando una dulce curva debajo de las clavículas. Los pezones surgían gruesos en su base y se alargaban hasta llegar a ser casi puntiagudos, en forma de cucurucho. En el bajo vientre crecía un vello recio que emanaba un leve aroma de plantas salvajes, como los bosques perfumados del interior de Guinea.

Melita no se parecía a la mayoría de las mujeres del país, por lo general más bajas de estatura, a menudo dotadas de anchas caderas, posaderas rotundas y rostro dislocado por la presencia de la ancha nariz de la etnia fang. Quizás, pensaba Luis, los ancestros de Melita habían llegado en caravanas de mercaderes desde el remoto Cuerno de África.

Luis Urzaiz enloqueció de deseo por la muchacha durante los días que Melita permaneció guardando cama en el hospital. Al darle el alta, la alojó en su casa para recuperarla de la anemia. Y dos semanas más tarde, hicieron por primera vez el amor. Melita era virgen y tenía dieciséis años; él, cincuenta y tres. Desde entonces, ella siguió acudiendo dos o tres veces por semana a la casa del médico.

Luis vivía solo en Guinea desde que, en 1969, su mujer y su hijo José María, nacido en Cogo en 1968, abandonaron el país. Había llegado con ella dos años antes, pero Mari Ángeles y el niño debieron de huir durante los disturbios de marzo de ese año, cuando el presidente Macías, unos meses después de declararse la independencia, desató una violenta campaña contra los residentes españoles, lo que obligó al ejército español a organizar una repatriación de urgencia en la que siete mil personas abandonaron Guinea en cuestión de unos pocos días. Luis decidió seguir al frente del hospital en tanto la crisis no se resolviera. Y aquello le convirtió en un prisionero. Su segundo hijo, Javier, nació en Pamplona unos pocos meses más tarde.

Cuando al fin logró viajar a España, en 1979, tras el golpe que derrocó a Macías e instaló a su sobrino Obiang en el poder, para encontrarse con su esposa y sus hijos, el regreso tan sólo sirvió para consumar una ruptura que él ya sentía en su alma. Había decidido quedarse en Guinea y rehabilitar por sus propios medios el hospital de Cogo. Mari Ángeles no aceptó volver con él. Sus hijos le rechazaron. Retornó solitario y entristecido, pero con una tarea entre manos que a sus ojos tenía casi el rango de una misión. En 1994, Melita se trasladó a vivir con él en la casa de la colina.

Desde que su mujer dejó Cogo en 1969, el doctor había estado con numerosas mujeres africanas antes de conocer a Melita, pero apenas guardaba de todas ellas poco más que el recuerdo de unos cuantos nombres. Casi todas las chicas eran pasivas en la cama y, en cierto modo, incluso pudorosas. No concedían gran importancia a las relaciones sexuales, pero se dejaban hacer antes que participar en la pugna amorosa. Y aunque eran sumisas a los caprichos del hombre, aquella actitud le parecía a

Luis nacida de una confusa tradición y no de la inmediatez del deseo. Además, tenía la impresión de que la mayor parte de las veces ellas parecían esperar algo a cambio de su sexo entregado. No podría decir que se trataba de una prostitución encubierta, pero aquellos encuentros distaban mucho de lo que él entendía como seducción.

Melita no era así. A menudo, ella tomaba la iniciativa en el sexo; y gozaba y gemía como un felino en celo y alcanzaba los orgasmos con facilidad, porque además poseía la cualidad de llegar al éxtasis varias veces en cada ocasión que hacían el amor. Casi siempre daba más de lo que pedía y trataba de no recibir más de lo que entregaba. Luis Urzaiz pensaba que Melita hacía el amor con el orgullo de una blanca, mientras que le quería con la sumisión de una negra.

Porque, al mismo tiempo, la muchacha mostraba ante Luis el hondo respeto con que se trata a un padre y nunca a un amante. Si algo le molestaba, simplemente dejaba de sonreír, pero no decía nada. Luis podía ser desdeñoso alguna vez con ella e, incluso, alzar la voz cuando se encontraba de malhumor; Melita no lo hacía jamás. En cierta ocasión, cinco años atrás, Luis perdió un día los nervios y gritó preso de histeria a Melita, mientras rompía a manotazos algunos objetos que adornaban la mesa de la salita. Nada era culpa de ella, pero Luis no tenía otra persona más próxima ante la que desatar la ira que le poseía, fruto de una enorme decepción. Era la primera vez que le habían propuesto para el premio Nobel de la Paz, incluso los periódicos daban por hecho que lo recibiría; sin embargo, a la postre, el galardón había ido a parar a manos de la organización Médicos sin Fronteras. La noticia le produjo un ataque de furor. Porque estaba seguro de que, después de tantos años de lucha y penalidades, lo merecía sobradamente y el mundo estaba obligado a inclinarse con reconocimiento ante su obra humanitaria en Cogo. Melita se refugió en el cuarto de baño y no salió hasta media hora después, cuando Luis ya se encontraba calmado. Tenía rastros de lágrimas en el rostro y no sonreía. Luis le pidió perdón. Y aquella noche, Melita le hizo el amor murmurando palabras de consuelo en sus oídos.

Otra cualidad que él apreciaba en la muchacha era el hecho de que jamás le quiso presentar a su familia. Los dejó simplemente para irse con él y apenas le había hablado de ellos durante los once años que llevaban juntos. Por lo poco que contó, Luis sabía que Melita tenía tres hermanos pequeños y que su padre trabajaba como pescador con un pequeño bote al otro lado del estuario del río, en Akelayong, y a menudo traía sus capturas en cayuco para venderlas en los colmados y fondas de la ciudad. Era probable, dada la pequeñez de la villa, que muchas veces se hubiese cruzado con el hombre. Pero nadie le dijo nunca algo sobre ello. Parecía que todo Cogo hubiese decidido hacer suya la discreción de la muchacha.

Sin embargo, con cierto orgullo, Melita le había contado un día el origen de su nombre. Muchos años antes de que ella naciera, todavía en tiempo de la colonia, su madre vivía en la isla de Fernando Poo, en la ciudad de Santa Isabel, la capital del país, rebautizada tras la independencia como Malabo. Una tarde fue al cine de los españoles a ver una película, la primera en tecnicolor que se proyectaba en la ciudad. Trataba de una guerra entre blancos, aunque había muchos negros que servían a los blancos. Un hombre muy guapo, con bigotes, se casaba con una mujer también muy guapa, a pesar de que ella estaba enamorada de otro hombre que era el marido de una amiga. La amiga era muy dulce y muy buena y se llamaba Melita.

Cuando años más tarde nació su primera hija, instalada ya la familia en Akelayong, la madre quiso bautizarla con el mismo nombre que el de la mujer de la película. No obstante, el padre Diego, un viejo sacerdote español llegado a la ciudad en los días de la colonia, expulsado en 1969 y regresado diez años después, se negó diciendo que todos los niños y niñas bautizados en la Iglesia católica debían llamarse igual que un santo o una santa cristianos. Y la madre eligió el nombre de Amelia. Pero desde el primer día, nadie la conoció por otro nombre que no fuera Melita.

—No sé cómo se llamaba aquella película —terminó diciendo la muchacha a Luis el día que le relató la historia.

—Por lo que cuentas, *Lo que el viento se llevó*.

—¿Era buena Melita?

—Buena, sí; aunque algo tonta.

—Entonces era como yo.

—Tú no eres tonta.

—Tal vez. Pero soy africana.

A poco de comenzar a vivir juntos, Luis la envió a estudiar en el colegio de las monjas españolas. Era una muchacha avispada y aprendió con rapidez a leer y a escribir, y también, contabilidad y mecanografía. Y Luis consiguió colocarla en el pequeño centro de comunicaciones de la ciudad, la oficina de la empresa Getesa. Melita se sentía orgullosa de tener un puesto de trabajo.

Rechazó la cena ligera que le había preparado la muchacha. Ella regresó con la bandeja a la cocina y volvió a sentarse a su lado. Le abanicaba. Sobre la hamaca, comenzaban a dejarse oír los zumbidos de los mosquitos.

—Así que subió la fiebre... —dijo ella.

Luis asintió.

—La fiebre es un mecanismo de autodefensa que crea el propio organismo, no te apures.

—Tienes que irte, doctor.

—¿Adónde?

—A tu país, a sanar. Allí los hospitales son mejores. Hay varios aviones por semana que vuelan a España. Vete mañana a Bata y luego a Malabo para coger el avión de Madrid.

—En España saben menos que yo de malaria.

—Pero hay buenos hospitales en donde reposar y grandes iglesias en donde rezar.

—No necesito ni el descanso ni el rezo. Además, si me fuera, ¿tú qué harías?

—Tu país no me concede el visado. Te esperaré en Cogo.

—Todavía hago falta aquí.

Ella le tomó la mano.

—Nadie es del todo imprescindible, mi amor.

—Yo sí lo soy.

—Todos los blancos os creéis un poco Dios.

—Yo no creo en Dios, Melita. Ni en el más allá.

—Antes creías...

Luis se encogió de hombros.

—Este año soy de nuevo candidato al premio Nobel de la Paz..., por tercera vez. Me han presentado varias instituciones españolas y de la Unión Europea. Creo que mis opciones son mejores que nunca. Quiero estar aquí si me lo conceden. Será dentro de unos días, quizás mañana mismo.

—Siempre estás a vueltas con lo mismo. ¿De qué te serviría una cosa así?

—¿Para qué crees que trabajamos los seres humanos?

—Creí que esas cosas se hacían por generosidad.

—La generosidad no excluye el reconocimiento de tus méritos. Yo he entregado mi vida a una causa, he sufrido mucho y quiero que el mundo lo reconozca...

Melita sonrió y le guiñó un ojo.

—¿Y no te basta con entregarme un poquito a

mí tu vida y olvidar ese Nobel? Ganarlo no te va a hacer mejor.

—Los hombres y las mujeres somos distintos: a vosotras puede bastaros un hombre para llenar vuestra vida; para nosotros, una mujer nunca lo es todo.

—¿Lo dices porque envejecemos pronto?

Melita no sonreía ahora.

—Envejecemos todos.

—Intenta creer de nuevo en Dios; eso te bajará los humos.

Luis giró la cabeza y miró hacia la selva. Ella tenía razón: había creído tanto, tan firme y tan apasionadamente... Pero la fe le había abandonado. O quizás él mismo la había expulsado de su corazón.

—¿Por qué no vuelves a ver al padre Diego...?, antes erais buenos amigos —añadió las chica—. Él podría ayudarte, doctor.

—No quiero que me ayude.

—Amor mío, Dios te hace falta.

—Dios está muy lejos de Cogo.

—Guinea está lejos de todas partes. Pero Dios

está en todos los lugares y hay muchas formas de Dios.

—Tú eres católica.

—Estoy bautizada, sí. Pero yo imagino un Dios algo diferente..., un dios africano.

—¿Cómo es un dios africano?

—Negro. Pero no sólo es distinto por el color de la piel. El vuestro os hace creeros necesarios e importantes. El nuestro, aunque nunca se asoma al mundo terrenal, es necesario, y sin embargo, nosotros no lo somos para Él. En realidad, el Dios de aquí tiene muchas caras, es muchos dioses a la vez.

—¿Y para qué lo queréis entonces?

—No lo queremos ni nos quiere. Está ahí.

—¿No os hace falta?

—A la gente sólo le hace falta alguien que le ame.

Luis rió por primera vez desde que ella había llegado a la casa.

—Si tuvieras razón en lo que dices —agregó—, mi vida sería un completo error. Y ya no estoy en condiciones de aceptarlo.

—¿Temes a la verdad, doctor Luis?

—Temo a los años y a la certeza. Abanícame un poco más fuerte, por favor. Creo que me sube la fiebre con tus preguntas.

—Perdona, mi amor.

Los cuchillos de la noche rajaron la calima a poco de desplomarse el sol más allá de la curva del río y, en las estancias del cielo, se arrojaron en turbión las estrellas: algunas, culebreando igual que las llamaradas de unos fuegos de artificio; muchas, guiñándose sus luces las unas a las otras, como en un coqueteo infantil. Unas pocas, en fin, inmóviles y majestuosas, abrían un hueco de negrura a su alrededor, una corona vacía de pasión y de luz.

Los olores de África se alzaron desde el suelo: perfumes de flores empalagosas y de hierbas muertas, de lodo y carne, de sangre seca y de sementera, de establo y de arroyos vivaces.

Y comenzaron los ruidos nocturnos: el canto de los grillos que llegaba desde el bosque, los gritos espaciados de las lechuzas, el clamor unánime de las ranas del río, que formaban un eco de castañuelas sin compás, un tableteo insolente que aburría los oídos.

—Malditas ranas —dijo Luis.

—¿Qué tienes contra ellas?

—¿Por qué croan toda la noche?; no entiendo qué quieren. Es fatigoso escucharlas; sus gritos me golpean en las sienes.

—¿Para qué tienes que entender todo lo que existe? Será la forma de llamarse entre ellas.

—No puede ser, viven unas encima de las otras... Dame un poco de agua, por favor.

Bebió del vaso que ella le acercó a la boca. Después, la muchacha continuó abanicándole cerca del cuello.

—¿Así te alivia, mi amor?

—Soy un hombre viejo, Melita.

—A mí no me lo pareces, doctor.

—¿Me amas de verdad?

—Eres el mejor hombre que he conocido en mi vida.

—Eso es porque no sabes lo que es la vanidad.

—Tu vanidad no me duele; es cosa tuya, como tu estómago.

—¿Me quieres aunque no crea en Dios?

—Yo sé quién eres.

Luis se volvió levemente hacia ella.

—¿Sí...? ¿Y quién soy?

—El que dices que eres. Hay pocos hombres que sean lo que dicen ser.

Dudó un instante antes de seguir:

—Vuelve a España, doctor.

—¿Por qué he de irme, por una estúpida malaria? ¡No insistas, por favor! La he padecido unas cuantas veces y he curado a centenares de enfermos atacados de paludismo.

—Es por otra cosa, mi amor.

—Dímela.

—Ha vuelto Mbama. Ayer llegó a Cogo; todo el mundo lo sabe menos tú.

Luis volvió de nuevo los ojos hacia el bosque. La cara de Mbama, picada por las cicatrices de una antigua viruela, asomó a su memoria. Pero la apartó de su mente como si diera en el aire un palmetazo invisible. El canto de las ranas creció de pronto, igual a una orquesta que, súbitamente, eleva su clamor y, al mismo tiempo, pervierte su armonía.

—¿Crees que las ranas tienen alma, Melita?

—El alma de Dios está en todos los animales, pero ninguno es Dios.

—Me molestan..., si al menos supieran cantar como los pájaros...

—Por las mañanas vienen los pájaros.

—No he entendido muy bien qué significa Dios para ti.

—Algo muy superior a nosotros.

—¿Es bueno o es malo?

—Es fuerte.

—¿Sólo eso?

—¿Te parece poca cosa, doctor?

Luis tomó la mano de la muchacha y la apretó. Quedaron un rato en silencio.

—No puedo irme, Melita, debo seguir aquí hasta que el mundo reconozca mi obra —dijo al cabo—. Para eso he vivido y luchado todos estos años...

—¿Y Mbama?

—Ha pasado mucho tiempo en la cárcel; habrá cambiado.

—Quizás quiera matarte.

—¿Y qué harías si yo muriera?

—Llorar y luego volver a la casa de mi familia; no me gusta la soledad. Pero eso no tiene que ocurrir. Vuelve a España por un tiempo, hasta que Mbama se vaya.

—Te quedarás con esta casa.

—No quiero tu casa, te quiero a ti.

—Si me dan el gran premio estando en Europa y me quedo allí para siempre..., ¿qué harías?

—Llorar. Pero luego sentiría alegría por ti. Todos tenemos derecho a soñar con algo mejor. Sólo me apena no ser lo mejor de tus sueños.

—¿Tan segura estás de ello?

—Tú mismo lo has dicho.

—Nunca te dejaré.

Melita volvió a encoger los hombros. Le miraba con tristeza.

—Sé que no soy lo más importante para ti, doctor. Porque me tienes a tu lado y, sin embargo, no te importa vivir; sólo te importan tus sueños. Si me amases como yo te amo, te gustaría la vida.

—La vida es un fracaso cuando no la guía una ambición, Melita...

—La vida es sólo pasión por la vida, doctor.

—Ésa es una idea absurda. Y en todo caso, soy demasiado viejo para aceptarla.

Melita le acarició la frente.

—Estás cansado, amor mío; por eso te sientes triste y viejo. ¿Quieres que te lleve a la cama?

—¿Qué hora es?

—Faltan unos minutos para las ocho.

—Los días se hacen largos cuando uno está enfermo. Me gusta esta terraza, es el mejor sitio de la casa... Veo el río, el estuario, las colinas, el bosque; oigo la noche.

—¿Ya no odias a las ranas...? —le interrumpió.

—Quizás las eche de menos cuando muera.

Melita rió sonoramente.

—¡Estás loco, doctor! ¿Desde dónde vas a echarlas de menos, si no crees en Dios ni en otra vida?

—De pronto tengo hambre.

—Eso es que estás mejor. Voy a calentarte de nuevo la comida.

—Digo que tengo hambre de ti.

—Ah, doctor... —rió Melita—. Ya no te mueres, mi amor.

Su rostro se turbó levemente, como si corriera ante sus ojos una nube negra.

—De todas formas, te tienes que ir. Mbama...

—Olvida a ese canalla.

Ella sonrió. Y entró en la casa, alcanzó el dormitorio y comenzó a desnudarse mientras las ranas redoblaban su necio parloteo, abajo, en los manglares del río, y se oía, viniendo de los bosques oscuros, el lamento amargo de una lechuza ciega y la histérica carcajada de una hiena infeliz.

Solo en la cama de su alcoba, Luis intentaba conciliar el sueño. Melita utilizaba otro dormitorio y el doctor sabía que aún tardaría un buen rato en acostarse. Estaba ahora en la sala viendo en la televisión una película francesa de las que emitía Gabón y que alcanzaba a captar su antena parabólica. El confuso sonido de los diálogos llegaba hasta su habitación.

Era una chica extraordinariamente dotada, pensó Luis. A las pocas semanas de que comenzara a poderse ver en Cogo la televisión del país vecino, Melita empezó a aprender el francés. No lograba hablarlo, sencillamente porque no tenía con quién practicar; pero acabó por comprenderlo incluso mejor que él, que lo había estudiado en España durante el bachillerato. A veces, cuando veían juntos algún noticiario, ella le traducía con asombrosa precisión el significado de las frases que a Luis se le escapaban.

Bondadosa, sensual, bella, complaciente, despierta, alegre..., aquella muchacha nacida en uno de los lugares más humildes de África parecía reunir todas las cualidades posibles que al doctor le parecían admirables en una mujer. Luis pensó una vez más que, si pudiera, se casaría con ella, le conseguiría la nacionalidad española y la empujaría a estudiar idiomas y tal vez informática. Melita era joven, pero aun así, lo que a Luis le llamaba más la atención era su actitud ante cuanto le resultaba nuevo: porque lo miraba con los ojos de una niña. Y como una niña, lo absorbía en toda su inmediatez y su pureza. Nunca se planteaba si era capaz de entender o no cualquier cosa. Sencillamente se ponía al instante a la tarea de comprenderlo. Y casi siempre lo lograba.

Pero volvió a apartar la idea del matrimonio de su cabeza. Era inútil. Su mujer, María de los Ángeles Zumarragoitia, pertenecía a una familia pamplonesa de honda tradición católica. Dos de sus hermanos eran miembros no numerarios del Opus Dei y un tercero había pronunciado los votos en la orden. Ella nunca querría oír hablar de anulación canónica ni menos aún aceptaría un divorcio de mutuo acuerdo. Y Luis ni siquiera concebía la posibilidad de pedírselo. Porque sabía sobradamente que, en caso de hacerlo, habría un motivo mucho más poderoso que cualquier convicción de rango moral: el rencor.

Le hacía bien la falta absoluta de luz en el dormitorio. El ventilador, moviéndose a baja velocidad, arrojaba desde el techo un airecillo refrescante. Recordó, como todas las noches, a sus dos hijos, José María y Javier, y de nuevo sintió esa pequeña punzada que era como un clavo que se removía sañudo en el interior de una herida abierta a la altura del pecho.

Le venían a la memoria las imágenes de una mañana de domingo en que fue a pescar con su mujer a las playas de Elobey Chico. Ella hablaba de su hijo José María y de los otros que esperaba tener.

—Tal vez, alguno quiera ser un día sacerdote; o monja, si es chica —le dijo.

El doctor respondió:

—Prefiero que todos ellos sean unos buenos profesionales. Para santos, ya hay bastantes en tu familia, incluida tú.

—¿Yo...? ¡Pero qué cosas tienes!

Ella no adivinó que Luis, en ese instante, pensaba en el sexo.

Dormía y le abrazaba un extraño sueño en el que aparecían sus hijos. Eran niños algo crecidos y, llegando a la isla de Elobey Chico, saltaban al agua antes de que el cayuco atracase y corrían chapoteando hacia las arenas blancas de la playa. «¡Una tortuga, papá, hay una tortuga muy grande! ¡Voy a cogerla!», gritaba José María, eufórico. «¡Cuidado no te muerda!», avisaba Javier, cauteloso. Y el cayuquero se reía a grandes carcajadas: «¡No te confundas, chaval, no vaya a ser un cocodrilo!».

Se despertó de pronto, bañado en sudor. Aquel sueño, pensó, era un deseo incumplido: el de haber visto crecer a sus hijos a su lado. José María había cumplido un año cuando se embarcó hacia España con Mari Ángeles. Y Javier, que viajaba en el vientre de su madre, nunca había pisado Guinea.

El rostro de Teodosio Mbama, picado por las cicatrices, asomó ahora en su memoria. Nunca había odiado tanto a nadie. Pero lo apartó de inmediato y trató de dormir de nuevo y de recuperar el sueño en que aparecían sus hijos. Pero los buenos sueños nunca regresan, al contrario que las pesadillas.

II

Escolástica, la sirvienta, le ayudó a levantarse y Luis caminó apoyado en su hombro hasta la terraza. La neblina, sudorosa y caliente, comenzaba a formarse sobre las ondas del Muni, que lucían un tibio color dorado. Tomó un desayuno abundante de frutas, una botella de agua mineral muy fría y una gran taza de café. Al doctor le complacía, cada mañana desde que se instaló en Cogo en el año 1967, escuchar el canto de los pájaros ocultos en los manglares y en las arboledas de las riberas del río.

Tomó los prismáticos y paseó la vista por las orillas, de derecha a izquierda, siguiendo el curso calmo de la corriente del Utamboni, que arrastraba con mansedumbre algunos troncos de árbol, desnudos casi de ramas y pulidos en su violento viaje desde los ríos de la selva, y mazos de plantas arrancados de la tierra aguas arriba. Distinguió un bando de ánades más acá de los manglares, volando en elegante y rauda formación. El aleteo de los pájaros casi rozaba la superficie del río.

Después, dirigió los gemelos hacia la altura y recorrió el cielo, todavía limpio de calima. Dos sombras cruzaron ante los lentes y Luis retiró los binoculares de su rostro. El cielo se ensanchó ante su vista. Eran dos buitres que planeaban a unos ciento cincuenta metros sobre el suelo. Se acordó de Mbama y pensó que, de haber sido supersticioso, habría tomado aquello por un mal presagio. Pero no creía en los augurios. De modo que olvidó a su viejo enemigo, llamó a Escolástica, le ordenó que retirase la bandeja del desayuno y le pidió que le trajera el libro que reposaba en la mesilla de noche de su alcoba.

Mientras la sirvienta regresaba, tomó de nuevo los prismáticos y volvió a mirar las orillas del río, hacia la isla redonda y boscosa de la izquierda. Un cayuco se deslizaba ahora sobre las ondas doradas, en dirección al estuario, entre la isla y el cuartel militar. El barquero, sentado en la popa, manejaba la vela de plástico negro con maña y desenvoltura. Era delgado, de brazos flexibles, y vestía un pantalón corto de color claro, mientras que su torso desnudo brillaba como obsidiana bajo la luz. La lengua de la liviana boira que flotaba sobre el agua le daba la apariencia de un espectro. Desde la distancia y a pesar de los prismáticos, no alcanzaba a distinguir el rostro del hombre ni mucho menos calcular su edad. Pero el otro parecía mirar en dirección a Luis.

«¿Será Mbama?», se dijo.

Bajó los gemelos y el cayuquero y su barca se fundieron en la bruma de la lejanía.

Durante toda su vida, Luis Urzaiz había sido un lector voraz. Le gustaban, sobre todo, las novelas y, en segundo término, los textos de historia, y al paso de los años había logrado reunir en su casa de Cogo, en el segundo piso que ocupaba su amplio estudio, una biblioteca con más de cinco mil volúmenes. «La mejor biblioteca privada de África Occidental», solía alardear. Sin embargo, desde hacía unos meses, apenas leía otra cosa que poesía.

Mediada la mañana, sujetaba entre las manos un pequeño volumen de poemas de Juan Ramón Jiménez, *De ríos que van*. Con lentitud, fijando los ojos a través de las pequeñas lentes de las gafas que corregían su aguda presbicia, seguía el ritmo de los versos de un breve poema titulado «Este inmenso Atlántico»:

> *La soledad está sola.*
> *Y sólo el sol la encuentra*
> *que encuentra la sola ola*
> *el mar solo en que se adentra.*

Levantó la cabeza, se quitó las gafas y las sujetó mordiendo levemente una patilla. Miró hacia el frente. Allí se abría el Atlántico del que hablaba el poeta. Luis había salido muchas veces, en cayuco, hasta alcanzar las dos islas de Elobey y había contemplado desde sus riberas la anchura del océano. Se dijo ahora que tal vez jamás encontraría una soledad tan inmensa sobre la tierra como la que proponía aquel mar mirado desde las islas. ¿Lo habría visto alguna vez el poeta desde ese mismo lugar? «Si eso fuera así, se sabría», se dijo Luis. Pero ¿cómo era posible describirlo con tanta exactitud?: «La soledad está sola... la sola ola... el mar solo...». Pensó que, si Dios existiera y pudiese hablar, lo haría usando la poesía.

Escolástica interrumpió su lectura.

—Doctor, ha venido el padre Diego. ¿Le permito pasar?

Luis dejó el libro abierto sobre sus rodillas.

—¿El padre Diego? —repitió con asombro.

—¿Quién no va a permitirme pasar? —tronó una voz a la espalda de Luis.

El padre Diego era bajo de estatura, de cara redonda, y pese a sus setenta y cinco años de edad, era robusto y estaba dotado de una extraña agilidad de movimientos. Vestía una sotana blanca rodeada por una ancha faja negra. En la mano llevaba un salacot color crema. Su calva rosácea brillaba húmeda y dos finas hileras de sudor descendían de sus patillas.

Luis hizo ademán de levantarse.

—¡Quietecico!, ya sé que estás enfermo —clamó el sacerdote.

Se abanicaba con el borde del salacot.

—Anda, mujer —se dirigió a Escolástica—, tráeme una silla y pónmela junto al doctor, debajo del ventilador. —Y añadió volviéndose hacia Luis—: ¿Qué tal te encuentras?

El médico dudó un instante.

—Bien..., sí. En un par de días o tres podré volver al trabajo.

Escolástica llegó con la silla y el padre Diego se acomodó en el asiento al tiempo que dejaba escapar un resoplido. Le tendió el salacot a Escolástica, sin mirarla.

—Guárdamelo por ahí. ¡Demonio de calor! —dijo dirigiéndose a Luis—. Jamás me acostumbraré a

Guinea. Y mira que en mi tierra pega el sol...; pero no es como aquí. ¡Esta humedad...!

—¿No piensas jubilarte, padre?

—Sabes de sobra que nunca me iré de Guinea, doctor... Como tú.

—No estés tan seguro.

—Tenemos un destino parecido. Los dos vamos a morir aquí, en esta tierra llena de mosquitos malignos, gentes embrutecidas y calor insufrible.

—¿Qué razón hay para morir en un lugar semejante, padre?

—Es cosa de Dios, imagino. Y además, ¿adónde iríamos tú y yo? Si regresas a Pamplona, lo más probable es que te escupan por la calle. ¿Y qué pinto yo en Murcia? Hace más de cincuenta años que me fui de allí y no me queda ni un pariente con vida.

—Creí que amabas Guinea...

El sacerdote abrió los brazos y asintió con la cabeza varias veces.

—Eso es lo malo, se me ha metido en el corazón y no sé por qué.

—¿A qué has venido?

—¿Te molesta?

—No.

—Para avisarte.

—Ya lo supongo: Mbama, ¿no? Melita me lo ha dicho.

—Llegó hace unos días.

—Estará viejo, igual que yo... Y como tú.

—El cuerpo cambia, pero no el alma. Y la suya es la de un asesino.

—La vejez fatiga incluso a los asesinos.

—Pero el odio no se cansa nunca.

Luis marcó el libro doblando la página que leía por una esquina, lo cerró y lo dejó en la mesita.

—De todas formas, te lo agradezco. ¿Quieres tomar algo...? No tengo anís.

Escolástica se acercó.

—*Yuguán café, padrí?*[1] —preguntó en pidgin.

El sacerdote sonrió mientras respondía:

—*Chesmian uéchumo.*[2]

---

1. El diálogo es en pidgin, un argot que se habla en Malabo. Se traduce así: «¿Quiere un café, padre?».
2. «Prefiero un zumo.»

Escolástica se inclinó y salió.

—Veo que no has olvidado tus días de Malabo —dijo Luis.

—Hace años, sí... Pero no me gusta olvidar las lenguas.

—En cambio yo no logro aprender ninguna, ni siquiera el fang.

—Para un médico no es importante; para un sacerdote, sí.

Escolástica volvió al rato con el zumo.

—Lo más prudente es que te vayas una temporada a España, doctor —añadió el cura—. Ese hombre querrá matarte.

—Tomaré precauciones, padre. Pero, de todas formas, Mbama carece ya de poder. Y supongo que estará vigilado por la policía.

—¿La policía guineana? No me hagas reír, Luis; parece que hubieras llegado ayer. Sabes que son una reata de corruptos dirigidos por un capataz que es un mafioso y un gánster. ¿Cuándo has confiado en la policía de este país? En los tiempos de la presidencia de Macías estaba más dedicada a preparar asesinatos que a intentar evitarlos. Y en los de Obiang, en lugar de perseguirlos, los organiza. O sea, tanto me da que me da lo mismo, Luis: en Guinea, el delito es monopolio de la policía y de los políticos. Ni siquiera a los pequeños ladrones les permiten ganarse la vida con su oficio.

—Quiero decir que él, Mbama, era el hombre de Macías en Cogo y ahora gobierna el país Obiang. Y además, Mbama es un oponente político al que han soltado de la cárcel después de permanecer en ella..., espera que calcule..., veinticinco años más o menos. No le van a quitar el ojo de encima.

—Eso no quiere decir que les importe mucho tu vida.

—Me llevo bien con Doroteo Mbota.

—¿Mbota? Es otro golfo y no se casa ni con el diablo. Está aquí para vigilar los negocios de sus amos de Bata, no para ejercer de jefe de Policía. Y para robar a manos llenas todo lo que puede. Además, no olvides que Mbama fue jefe de Policía varios años, antes de ir a la cárcel, y que en el fondo son colegas.

—Rivales, en todo caso. Mbota fue el que detuvo a Mbama, recuérdalo... Y fui yo quien le dije dónde se ocultaba. Es un golfo redomado, de acuerdo. Pero no un asesino ni un violador como Mbama. Me llevo bien con Mbota.

—¿Y tú qué sabes de lo que esconde el corazón de un ladrón como Mbota?

—Le conozco desde que llegó a Cogo, hace veinticinco años. Sé de lo que es capaz y de lo que no.

Quedaron en silencio unos instantes. A Luis le hacía sentirse incómodo la presencia del sacerdote, pero el padre Diego no tenía intención de irse. Durante mucho tiempo, existió entre ellos una honda amistad. Diez años antes se había roto, en la época en que Luis empezó a vivir con Melita.

—¿Qué lees? —preguntó el clérigo señalando el libro.

Luis lo tomó de la mesita.

—Poemas de Juan Ramón Jiménez. Era un estupendo poeta...

—No soy aficionado a la poesía.

—Por cierto, mira lo que dice en un verso.

Leyó:

—«Parece que Dios está enfermo de lepra eterna.»

El padre Diego dio un bufido.

—No me gusta esa metáfora, aunque tampoco la entiendo muy bien.

—Pues no creo que sea nada mala para Dios; simplemente dice que es un hombre enfermo.

—Dios no es un hombre, es sencillamente Dios. Y está por encima de las enfermedades.

—Sí, desde luego: es el que se ocupa de traerlas.

—O de sanarlas.

Luis se acordó de lo que decía Melita:

—Nosotros no somos nada para Dios.

—El mundo no sería nada sin Dios, más bien, puesto que Él lo creó.

—Quizás; pero en todo caso está muy lejos de Cogo.

Luis levantó el brazo y señaló hacia su espalda, por encima de la tumbona en donde se recostaba.

—Date una vuelta por los arrabales de ahí atrás, padre..., por Cogo Chico.

—Los conozco de sobra.

—¿Y no tienes nada que decir sobre el sida, la malaria, la disentería, el hambre?

—Lo digo en la iglesia los domingos, durante los sermones, cuando vienen todos ellos a encontrar consuelo en Dios..., algo que tú has olvidado hacer.

—Yo no les ofrezco consuelo, les ofrezco sanarlos en mi hospital..., cuando es posible hacerlo.

—Es compatible sanar el cuerpo con sanar el alma. El tuyo y el mío son dos trabajos distintos, pero ambos se dirigen a salvar al hombre.

—No me gusta el redentorismo. Salvar al hombre es imposible: ni de la muerte ni del pecado.

—¿Por qué eres médico, entonces?

—Tal vez porque no sé hacer otra cosa.

—Antes eras hombre de fe.

—¿Vamos a volver a las viejas discusiones? No me importaría rehacer nuestra amistad, en serio; pero en condiciones de igualdad.

—Tú no dejaste de creer por tus dudas intelectuales, sino por rencor.

—De eso ya hablamos hace tiempo, ¿no te acuerdas...? Hoy no tengo ganas de discutir.

—Mi obligación como hombre de la Iglesia es intentar recuperarte para la fe. Y no voy a cejar. La primera vez que fuiste candidato al Nobel...

—En 1999 —cortó Luis.

—Ya veo que no se borra esa fecha de tu memoria.

—Ni la del año 2001. Ahora soy de nuevo candidato; en unos días, quizás mañana mismo, se sabrá a quién otorgan el galardón.

—¿No puedes aceptar que haya gente que lo merezca tanto como tú?

—En 1999 se lo dieron a una institución médica, Médicos sin Fronteras... En suma, a gente de mi oficio, una ironía. Ganaron por su peso político, no por sus méritos. Y en el 2001, a un africano, Kofi Annan, y a la institución que preside, ni más ni menos que la ONU. ¿Puedes creerlo?: un tipo nacido en África, el continente al que yo he entregado mi vida. ¡Otra ironía! ¿Y para qué quiere la ONU un premio Nobel? Más aún: ¿quién es la ONU?, ¿cuándo ha sido capaz de lograr la paz en ninguna parte? Suma las guerras de los últimos años, mira lo que sucedió en Bosnia y mira lo que sucedió casi aquí al lado, en Ruanda. Y en Níger y en Sierra Leona y en Liberia... ¿Qué paz ha ganado la ONU?

—Nunca he dicho que no merezcas el Nobel, doctor.

—Yo he levantado un hospital, sin apenas ayuda, para curar la malaria, la disentería, la tuberculosis..., y para paliar el sida. Pero no soy una institución, no soy Médicos sin Fronteras; ni soy la ONU.

—Acabarán reconociendo tu trabajo, ten fe.

—¿Has dicho fe? ¿No recuerdas quién me negó su apoyo en 1999 y en el 2001...? La Universidad de Pamplona, la misma institución en la que yo me había graduado con *cum laude*. ¿Sabes a quién pertenece esa universidad?

—Claro: al Opus Dei, doctor.

—A la Iglesia, pues. ¿O no es la Iglesia el Opus? Ellos, los de la Obra, me negaron su respaldo..., quizás porque nunca quise ser de los suyos, o puede que por el escándalo que supuso que mi mujer se fuera de Guinea y yo me quedase aquí. Más aún, estoy seguro de que intervinieron en mi contra. No puedo olvidarlo.

—Quizás vas demasiado lejos. Y en todo caso, eso no es un motivo para apartarse de la fe.

—¿Hay otro mejor? Cuando los hombres que se dicen ministros de Dios, o vasallos suyos, actúan como canallas, ¿qué puede pensarse del Dios al que dicen servir? O bien que es el supremo de los canallas, o bien que no existe. Yo he escogido la segunda opción, en todo caso; reconóceme que es mucho más bondadosa.

—No puedo escucharte cuando dices eso.

—Olvídalo, disculpa... Pero reconoce que no se portaron conmigo como deberían.

—¿Levantaste el hospital tan sólo para ganar reconocimiento?

—Lo hice porque consideraba mi oficio una especie de misión. Pero también creo que es justo que se reconozca mi sacrificio.

—Eso es soberbia.

—Lo que quiero es justicia.

—Buscabas aplausos.

—Y vosotros, los hombres de Dios..., ¿qué buscáis con vuestro sacrificio?

—La salvación de los demás.

—O el poder sobre los otros, sobre los creyentes. Es una forma de soberbia, quizás la suprema.

El sacerdote estalló en carcajadas, moviendo los brazos por encima de su cabeza.

—¡Eso sí que no!

—Ten cuidado, padre. La ambición es un pecado más grave que el orgullo, porque se alimenta de la claudicación ajena, mientras que la soberbia sólo le hace daño a uno mismo si no se satisface. ¿Por qué volviste a Guinea después de que te expulsaran?

—Soy un pastor y aquí estaba mi rebaño.

—Aquí estaban tu soberbia y tu ambición, padre..., como la mía. Por eso regresé cuando ya podía irme de Cogo y no regresar jamás si lo deseaba. Nos parecemos mucho.

El rostro del padre Diego se tornó serio. Se levantó.

—Tengo que volver a la parroquia.

—De todas formas, padre, te estoy agradecido por venir a verme y advertirme sobre Mbama.

—He cumplido con mi obligación. Adiós, Luis.

—Me gustaría que volviésemos a ser amigos. Reanudar nuestras antiguas partidas de ajedrez... No encuentro en Cogo ningún oponente de tu altura y la mía. Dios no tiene por qué separarnos. Ven un día al hospital, jugaremos una partida.

—Tal vez.

El sacerdote no le tendió la mano. Salió de la terraza llamando a Escolástica:

—¡Mujer, mi salacot!

Luis siguió leyendo:

¡No le cogí el oro a Dios!
¡Qué lástima! El viento seco
zumbó por mi corazón
buscándome el pensamiento.

¡Un oro que se perdió
pudiendo ser gloria! ...

Luis sonrió para sí y miró hacia el río, que parecía lamido por una lengua dorada.

Comió con Melita en la misma terraza, bajo las aspas sonoras del ventilador.

—Sé que ha estado aquí el padre Diego —dijo la muchacha—. ¿Habéis hecho las paces?

—No estoy seguro.

—¿Cómo es eso?

—Quizás le molestó algo que dije. Y él pretendió molestarme también. Pero no lo logró. Me gustaría volver a jugar con él al ajedrez; no tengo con quien hacerlo.

—¿Sólo por el ajedrez? Él te puede ayudar.

—¿En qué?

—A recuperar la fe.

—¡Diablos con la fe! Todos estáis esta mañana con la misma murga. ¿No sabes hablar de otra cosa? El ajedrez es más importante que Dios..., es algo lógico y no te pide cuentas cuando pierdes ni te aplaude cuando ganas.

Melita le acarició la mano.

—Perdona, mi amor...

Al punto, la mirada de ella se tornó grave. Retiró la mano.

—Todo el mundo habla de Mbama.

—¿Sí? ¿Y qué dicen?

—Que intentará matarte.

—¿Y él qué dice?

—Son pocos los que le han visto. Se ha ido a la aldea de Mibonde Elón. ¿Conoces el sitio?

—Sí, arriba del Utamboni. Hace años estuve allí.

—Vive con su hija la mulata..., ¿la conoces?

—¿Cómo no he de conocerla? Yo la traje al mundo.

—No lo sabía, ¿cómo fue eso?

—Es una historia larga y amarga, no quiero hablar de ello ahora.

—Él no sale de la aldea. Ella viene a veces a comprar a Cogo, en cayuco.

—¿Te han dicho cómo está Mbama?

—Dicen que muy viejo y muy flaco.

—Los viejos no necesitan matar a nadie.

—Todos piensan que el alma de Mbama es la de un diablo. Y el diablo no envejece. La gente le teme. Tú deberías temerle también.

—Yo no le temo. Y no creo que quiera matarme.

—¿No? ¿Y qué hace entonces en Cogo? Él no nació aquí, es de Bata. Podría llevarse allí a su hija.

—Quizás ella no quiera irse... Se casó, ¿no?

—Sí y tiene dos hijos.

—Es una buena razón para no querer irse con él a Bata. Y quizás él no tiene otro lugar adonde ir...

Luis movió la cabeza hacia los lados.

—Vaya, el muy canalla..., dos nietos. No me lo puedo imaginar como abuelo de nada humano.

—Sabe que la gente le odia y que nadie ha olvidado lo que hizo cuando era jefe de la Policía en la época de Macías. Alguien querrá vengarse de él.

—Tal vez le temen.

—Ha venido para algo. Y sólo se me ocurre una razón, la que se les ocurre a todos: matarte.

—O sea, que insistes en que debo irme.

—Por un tiempo nada más, doctor. Hasta que él desaparezca.

—No pienso hacerlo... El Nobel se falla dentro de poco y debo estar aquí, en el hospital. No quiero que nadie piense que soy un cobarde.

—¿Y no es un buen motivo tu enfermedad para irte durante algunas semanas a España? Nadie creerá que huyes.

—Aquí casi todo el mundo ha padecido la malaria. Y ya estoy curado. Dentro de dos días volveré a trabajar. —Sonrió burlón—. ¿Y de verdad soportarías que me vaya a España y te deje aquí sola? —añadió.

—Lo que más me importa es tu vida, doctor. Si te ausentas un tiempo, puede que Mbama se aburra y se vaya a Bata.

—Estoy cansado, deja que duerma un poco la siesta.

—¿Te ayudo a ir al dormitorio?

—No, me quedaré aquí. Recoge los platos y déjame.

—Como quieras, mi amor. Te veré a la noche, tengo trabajo esta tarde.

Era una canción, un ritmo semejante a las monótonas tonadas que cantaban los negros, una especie de *balele* como el que una vez oyó cantar y vio bailar en Evinayong, una pequeña ciudad del interior del país. Ahora, en la duermevela de la siesta, cruzaban por su mente las imágenes de los hombres y las mujeres semidesnudos, que danzaban moviendo los hombros, las cabezas, las caderas, los pechos, dando pasos cortos y agitando sus taparrabos hechos con escobilla. Los tambores palmeados por manos diestras, el resonar de los *mbeñ* y los *nku* y de los troncos vacíos de los árboles golpeados con palos, atronaban en sus oídos. Pero era capaz de entender la letra de aquel son repetido. Decía algo así:

> *Mbama volvió,*
> *vino pa' matá.*
> *Mbama volvió,*
> *vino pa' matá.*
> *Mbama, Mbama,*

Mbama, Mbama,
Mbama volvió,
vino pa' matá,
vino pa' matá...

Se despertó sudando. Pero no a causa del calor, sino del sueño. De pronto sentía miedo.

Miró hacia los lados, como si temiera una presencia. O más en concreto: la presencia de Mbama. No había nadie salvo él en la terraza. Afinó el oído para captar ruidos extraños. Tan sólo se escuchaba el sonido de las aspas del ventilador.

Se tocó la frente. No sentía fiebre. Intentó levantarse y percibió que podía hacerlo sin demasiado esfuerzo. Paseó unos minutos de un lado a otro de la terraza. Miró hacia el río, bañado ahora por una luz plateada. Volvió la vista hacia el bosque: la neblina se enredaba en las copas de los árboles. Pronto atardecería y las ranas comenzarían a croar.

¿Querría matarle Mbama? Era probable. Mbama poseía un carácter brutal y, sin duda, los años no habrían apagado su rencor.

Quizás fuera oportuno ausentarse de Guinea, como le pedía Melita y le había aconsejado el padre Diego. Pero tenía que quedarse en Cogo. Quería recibir en Cogo la noticia de su premio, porque estaba seguro, algo se lo decía en su interior, de que esta vez sí obtendría el anhelado galardón.

Entró en la casa. En el amplio salón-comedor no había nadie. Fue hasta la cocina. No estaba Escolástica. Salió al porche. No vio a gente en los alrededores.

De pronto, la soledad le dio miedo. Sentía una presencia cerca.

Entró en la casa de nuevo y echó el pasador. También cerró la puerta que daba a la terraza. Miró en los dormitorios y en el baño, temeroso. Subió al piso alto: en el estudio entraba una luz hermosa de atardecida. Encendió el ventilador y decidió quedarse arriba hasta que regresara Melita.

—¿Por qué has echado la cadena de la puerta? Nunca lo haces.

Melita había llegado a eso de las siete de la tarde, ya de noche. Luis escuchó los repetidos timbrazos y recordó que había dejado el pasador puesto. Descendió del estudio y abrió.

—No sé, un movimiento reflejo... —dijo al tiempo que miraba hacia la espalda de la muchacha.

Ella entró.

—Has hecho bien..., de todas formas. No es bueno que estés solo en casa estos días. Deberías pedirle a alguno de los chicos del hospital que viniera a acompañarte.

—Mañana iré al hospital.

—¡Estás enfermo, Luis!

—Estoy curado, ¿no lo ves?

—Te veo pálido y flaco.

—Se pasará cuando me coma un buen filete de antílope. Mañana sábado no trabajas, así que trata de comprar carne en el mercado. O un «colorado», si los han pescado por la mañana y están frescos. Y no olvides que hace falta fruta.

—Vuelve a poner la cadena, es mejor... —dijo Melita.

Luis obedeció.

Ya en la sala principal, la muchacha miró hacia las puertas acristaladas que daban a la terraza, cerradas ahora.

—Tienes miedo, ¿verdad? —dijo mirando en los ojos de Luis.

—No, no... Han sido las pesadillas de la siesta.

—¿Mbama?

—Fantasmas de la niñez.

Melita se sentó. Él permaneció de pie, cerca de ella.

—El miedo vive con nosotros, doctor. Todos tenemos miedo, incluso los que presumen de valientes. Nacemos con miedo a la vida y nos morimos con miedo a la muerte. Pero deberías irte...

—No voy a irme.

Se sentó cerca de ella.

—¿Qué sabes de Mbama?

—La gente sigue comentando que te querrá matar.

—¿Lo ha dicho él?

—No sale del poblado.

—¿Y la hija? ¿Sabes algo de ella?

—He preguntado... Estuvo aquí hace unos días. Dice que su padre está viejo y enfermo y que no va a matar a nadie.

—¿Eso dice?

—Es lo que le ha dicho a la gente, pero yo no me fío, doctor.

—Trata de ver a la chica.

Melita le miró sin responder y luego asintió con un movimiento de cabeza. Luis se levantó.

—¿Adónde vas? —preguntó Melita.

—Arriba, al estudio, a mirar la luna llena. El cielo está muy limpio esta noche.

—¿A qué hora quieres la cena?

—No todavía; espera una hora, más o menos.

Como hacía a menudo en las noches de luna llena, desplegó el mapa del satélite sobre la mesa y enfocó el telescopio hacia el espacio. Estaba en plenitud, redonda y luminosa, y el cielo claro, sin rastros de bruma, permitía ver sus arrugas y cicatrices.

Luis paseaba con lentitud el objetivo por la curva oriental del astro, lo detenía allí en donde distinguía una alteración geográfica y consultaba el mapa.

Sin duda aquello era el mar de las Crisis y, un poco más arriba, casi en el borde del satélite, el pequeño mar de las Serpientes. Descendió hasta el mar de las Olas y el mar de la Espuma y siguió hasta alcanzar los cráteres Langrenus e Hypatia. Completó la curva hasta distinguir el punto Sur y, desde allí, enfocó hacia el corazón del astro. Vio con nitidez la bahía del Centro y, un poco más arriba, la bahía del Hervor, y a su derecha, el mar de los Vapores. Sin detenerse, dirigió el telescopio hacia el norte y encontró el agujero de redondez perfecta que formaba el cráter de Platón, casi en las orillas del mar del Frío. Después, lo inclinó hacia occidente, hasta el océano de las Tormentas, y siguió de nuevo hacia el sur, sobre los montes Riphacus, el mar Conocido, los cráteres Campanus y Bullialdus y, al fin, la ciénaga de las Enfermedades.

Se retiró del telescopio y se sentó en la butaca, en la penumbra de la sala, tan sólo iluminada por la pequeña lámpara de la mesa. ¡Qué extraño nombre...!, ciénaga de las Enfermedades. ¿Quién habría bautizado de manera tan triste aquella pequeña falla en la superficie del astro muerto?

Miró otra vez la luna, ahora sin telescopio, sentado en el sillón. La contempló ingrávida, colgada como un farol de poderosa luz en los altos del cielo. No era así muchas otras noches. A veces, quizás debido a la calima, la rodeaba un resplador ceniciento, fantasmal, una luminosidad envejecida. Entonces, cegadas las estrellas bajo la bruma, el satélite parecía un ser entristecido, clavado en el vacío y condenado por un Dios sádico a permanecer durante toda la eternidad agonizando en las soledades desérticas del espacio.

La idea le pareció pavorosa.

Oyó un leve golpeteo de nudillos en la hoja de la puerta.

—Entra —dijo alzando la voz.

Melita vestía su ligera bata amarilla. La luz daba en su espalda y dejaba ver las formas de su cuerpo dibujadas bajo la tela. Luis sabía que estaba desnuda. Y que quería sexo.

La muchacha se acercó, desabrochó su bata, se arrodilló ante el hombre y comenzó a acariciarle y a besarle. Él la dejó hacer. No sentía un poderoso deseo, pero estaba seguro de que Melita pronto lo despertaría.

Además, no se atrevía a decepcionarla. En ocasiones así, recordaba lo que le había dicho un viejo colono español al poco de llegar a Guinea: «Si algún día te enredas con una mujer africana, o sea: si te echas una "mininga", ten en cuenta que deberás hacerle el amor todos los días. Si no, piensan que no te gustan. Y se consumen de tristeza o se buscan a otro».

Esa noche durmió plácidamente, sin sueños que pudiera recordar por la mañana.

III

África era un perfume de gardenias, hierbas mojadas por el agua de los manantiales, hojas muertas y boñigas de ganado. Eso sintió Luis Urzaiz aquel día de marzo de 1967 en que desembarcó en el puerto de Bata. Guinea le entró en el alma a través del olfato. No fue su razón, sino sus sentidos quienes le hicieron presentir que se quedaría allí para siempre.

Había terminado la carrera dos años antes y decidió trasladarse como médico a algún pueblo próximo a los Pirineos. Pronto, encontró plaza en una localidad del valle del Roncal. Quería servir a la gente al lado mismo de sus vidas y veía su tarea como una suerte de entrega religiosa. Al contrario que varios de sus amigos, no se había integrado al

Opus Dei, pese al intento de la Obra por atraerle a sus filas. No tuvo una razón clara para negarse; simplemente había algo que, en su interior, rechazaba someterse a una disciplina. Sin embargo, era un convencido creyente que acudía los días festivos a la misa preceptiva y tomaba con frecuencia la comunión.

Llevaba poco más de un año en su destino cuando, durante un viaje a Pamplona para ver a su novia Mari Ángeles, se enteró en el Colegio de Médicos de la ciudad de una convocatoria con varias plazas para médicos en Guinea Ecuatorial, dentro un programa de ayudas a la antigua colonia, que comenzaba ahora su andadura en la independencia.

No pudo explicarse a sí mismo por qué y, sin embargo, supo de inmediato que quería ir a Guinea. ¿Qué le atraía? Percibía que la palabra África guardaba un perfume de aventura y quizás ésa era la razón de su atractivo.

Luis Urzaiz había sido siempre respetuoso de las tradiciones, hijo único crecido en el seno de una familia adinerada y de leve ascendencia liberal, con varones tradicionalmente dedicados al oficio de abogado o de notario y, como decía su abuela paterna, «pamplonicas de toda la vida». Luis resultó ser un buen estudiante, extrañamente vocacional de la medicina en lugar de las leyes, y un muchacho que tan sólo se permitía algún exceso en tiempo de Sanfermines. Cualquier señora de los clanes de alcurnia de la umbría ciudad lo hubiera elegido como el marido ideal para una de sus hijas, no sólo por su fortuna, sino por el prestigio de su apellido. Y ése fue el caso del linaje de Mari Ángeles, los Zumarragoitia, una familia de tradición católica que atesoraba un par de títulos nobiliarios del carlismo, ya invalidados por la Historia, y que poseía un considerable patrimonio en las feraces tierras de la Ribera navarra.

Y de pronto, para ese joven de veintiséis años que había imaginado una vida sin sobresaltos, entregado al prójimo a través de su profesión de médico y creando una familia en la tradición legada por las generaciones que le precedieron, África surgió en el horizonte como una sombra extraña.

Pese a la resistencia inicial de Mari Ángeles, Luis presentó su solicitud. Y unas semanas después, gracias a su extraordinario expediente académico, fue aceptado. Su destino era una pequeña ciudad del sur de Guinea, Cogo, que apenas asomaba como un punto en los mapas de la época, en los que figuraba todavía con el nombre colonial de Puerto Iradier. El punto quedaba dibujado en un ancho estuario que se llamaba Muni. Al otro lado del delta, había ya otro país, Gabón, mucho más grande que la pequeña Guinea Ecuatorial.

En diciembre de 1966, una boda precedida de misa solemne en la catedral de la ciudad y celebrada con más de quinientos invitados en los salones del castillo de Gorráiz, unió a las familias Zumarragoitia y Urzaiz, dignos representantes de la aristocracia campesina de raigambre carlista y de la burguesía urbana de tradición isabelina. A finales de febrero de 1967, Luis partió en barco desde Cádiz rumbo a Guinea. Mari Ángeles viajó a reunirse con él cuando concluía mayo.

Se instalaron en la bonita casa de dos pisos y en 1968 nació su hijo José María, bautizado así en honor del fundador del Opus Dei. Cuando Mari Ángeles se fue de Guinea en abril de 1969, estaba embarazada de nuevo. Su segundo hijo, Francisco Javier, el nombre del santo misionero navarro, nacería en Pamplona unos meses después.

Sentado en el jardín, escuchaba un zureo de palomas y se entretenía contemplando a un *nkoro*, el lagarto de cuerpo negro y cabeza roja, que flexionaba bajo el árbol de mango sus brazuelos como un gimnasta, en espera del paso de algún insecto desprevenido. Luis no tenía fiebre y se sentía mucho mejor. Quizás diese una vuelta por el hospital un poco más tarde. Seguía gustándole, como el primer día, aquel olor espeso, empalagoso e inquietante de África.

Cerró los ojos. Vio con claridad la imagen de Mari Ángeles embarcándose en la lancha que iba a llevarla hasta el barco. Había guardia civiles armados rodeando las verjas del cuartel español, en donde todavía ondeaba la bandera roja y gualda, y dentro del recinto, una multitud de miles de personas y de bultos esperaban su turno para embarcar. Una liviana neblina cubría el horizonte marino, en donde se dibujaban oscuros los perfiles de los navíos españoles preparados para la evacuación. La lancha se alejaba y ella lloraba, mirando hacia tierra, sin cesar de mover el brazo derecho mientras que con el otro sostenía en su regazo la pequeña figura de José María.

—No te quedes, no te quedes... —le había rogado por última vez en la playa—. Ven con nosotros; soy tu mujer, es tu hijo...

Respiró hondo y sintió deseos de llorar conforme la lancha se acercaba al barco lejano y la figura de Mari Ángeles se difuminaba.

Antes de que se perdiera de vista, se dio la vuelta, subió al destartalado jeep y regresó a la pista que atravesaba la selva camino de Cogo. Cinco horas después entraba en la casa solitaria.

Mbama llegó a finales de abril.

Cuando se instaló en Cogo, antes de que se le uniese Mari Ángeles, su primer amigo fue el padre Diego Cano, un sacerdote cercano a los cuarenta años, nacido en un pueblo de Murcia, que pertenecía a la orden de los claretianos y llevaba más de diez años en la ciudad. De inmediato, los dos hombres simpatizaron. Les unía una pasión: el ajedrez. Y casi todos los días, cuando caía la tarde, jugaban en la parroquia una o dos partidas mientras tomaban palomitas, una bebida murciana que mezclaba anís dulce con agua y hielo. Su juego era muy igualado, lo que les permitía disfrutar de alternativas, retos y emoción.

Una tarde, el padre Diego le llevó a ver al obispo, que acudía desde Bata a visitar la parroquia de Cogo. Era un viejo gaditano, sonriente y guasón, que dejaba el siguiente mes su cargo para ser sustituido por un prelado nativo. El anciano le bendijo antes de advertirle:

—Eres joven, doctor, y supongo que fogoso,

como todos los jóvenes. El trópico tiene muchos peligros para la carne y el espíritu. Así que te daré un consejo valioso. En Guinea hay que tener siempre presentes las tres ces: mucha coña, algo de coñac y nada de coños. O sea, que de «miningas», ni media.

Cuando salieron, el padre Diego se encogió de hombros y miró algo azorado a Luis:

—Ha sufrido varias malarias, algunas de ellas cerebrales. De todos modos, hazle caso: aquí el sexo enferma el alma y el cuerpo a muchos blancos.

En noviembre, cuatro años después de que se iniciase el proceso de autonomía de Guinea y siete meses desde que Luis llegara a Cogo, Francisco Macías fue proclamado presidente de la República. Hubo algunos festejos en la pequeña ciudad, más artificiales que sentidos por la gente. En diciembre, algunos cadáveres comenzaron a descender de los ríos al estuario.

La mayoría bajaban descompuestos, sin ropas,

muchos de ellos devorados en parte por los cocodrilos. Y dejaban un olor nauseabundo a su paso. A Cogo llegaban rumores sobre las matanzas cometidas por los hombres de Macías en todo el país. Y los españoles comenzaron a marcharse.

Hubo un día, a comienzos de febrero del año siguiente, en que los cadáveres flotaban en el estuario como un rosario de nenúfares podridos. Los tiburones blancos entraban desde el océano y luchaban para devorarlos mientras los niños miraban con asombro y gritaban alborozados desde las orillas cuando asomaba la cabeza de un gran escualo y se hundía en el agua con restos humanos entre sus mandíbulas.

Una mañana, por esas mismas fechas, un grupo de hombres asustados subió corriendo hasta el hospital, en busca de Luis, para informarle de que un gran cocodrilo, el mayor nunca visto en Cogo, había salido del estuario en el barrio de Cogo Chico, al norte de la ciudad, junto al viejo aserradero vasco, y había matado y devorado a dos cabras. Nadie tenía armas en el barrio y, antes de acudir a la policía, los vecinos fueron en busca del doctor. Luis organizó una partida y, entre varios hombres, con ayuda de gruesas sogas, lograron capturar vivo al saurio, que dormitaba mientras digería la carne de las cabras. Luego, los hombres lo mataron y repartieron su carne entre el vecindario. Luis se quedó con la enorme piel de aquel ejemplar que medía casi seis metros desde la punta de la cola al extremo del morro.

Durante los días siguientes, al doctor le llegaron extrañas noticias: los brujos afirmaban que el gran reptil era una encarnación del demonio *evú*, una deidad maléfica, y que, al asesinarle, su alma transmigraría hacia el cuerpo de un hombre maligno. Los hechiceros realizaron varias ceremonias de *bují*, magia negra destinada a quebrar el maleficio, pero no habían logrado romperlo y el terrible cocodrilo buscaba en Cogo un cuerpo en el que reencarnarse para ejercer su venganza sobre sus asesinos.

En marzo, fracasó un intento de golpe de Estado y, a finales de abril, miles de españoles huyeron de Bata. El teniente Teodosio Mbama entró en Cogo, al mando de una veintena de policías uniformados, y se instaló en la antigua residencia de oficiales españoles. Varias decenas de hombres fueron fusilados en los suburbios de la ciudad. Por toda la ciudad comenzó a correr un rumor: el *evú* del cocodrilo se había reencarnado en el alma de Mbama. Y una noche, la piel del saurio desapareció del hospital.

El padre Diego y Luis Urzaiz decidieron quedarse. Y siguieron jugando al ajedrez todos los atardeceres.

También permaneció en Cogo una mujer: Pilar, una profesora española que impartía clases en el colegio de las monjas. Era muy rubia y bonita y no había cumplido aún los veinticinco años.

Las monjas se fueron, pero ella se quedó.

No obstante, tres semanas después de la llegada de Mbama, desapareció y nadie supo decir adónde había ido.

En el pequeño hospital donde trabajaba Luis Urzaiz como único médico, le asistían dos enfermeras guineanas, Isabel y Lucía, que no habían cumplido aún los veinte años de edad.

La primera vez que vio a Mbama fue una mañana de finales de abril de 1969. Apareció seguido por dos soldados armados de carabinas y entró en el pequeño despacho que ocupaba Luis, sin llamar a la puerta. El doctor supo de inmediato de quién se trataba. Se puso en pie. Mbama cerró la puerta a sus espaldas.

Era un hombre alto, fornido, de piel muy oscura, ancha nariz, frente estrecha en la que brillaban pequeñas gotas de sudor, entrecejo cerrado y mejillas surcadas por las cicatrices de una antigua viruela. Vestía pantalón corto de color beige, una camisa del mismo tono, cruzada por un correaje de cuero, calcetines oscuros doblados bajo las rodillas y unas pequeñas botas, que le llegaban hasta algo más arriba de los tobillos. Portaba una pistola en el cinto y una pequeña fusta en la mano. Se cubría con un salacot blanco.

—Soy Teodosio Mbama, el nuevo jefe de Policía.

Luis le tendió la mano. El otro la estrechó con blandura. Tenía un tacto caliente y húmedo.

Sin esperar a que el doctor le invitase, se sentó en el sillón, junto a la puerta, y cruzó una pierna sobre la otra. Con los codos apoyados sobre los brazos del sillón, comenzó a darse golpecitos con el extremo de la fusta sobre la palma de la mano. Luis ocupó su asiento del otro lado de la mesa.

—Lo que quiero decirte, doctor, es que soy el hombre de nuestro presidente Macías en Cogo, el que va a mandar aquí a partir de ahora.

—Nunca he tenido problemas con las autoridades guineanas.

—Muchos españoles se han ido. ¿Por qué tú no?

—Hago falta aquí.

—¿Crees que te seguirá pagando el gobierno español?

Luis se encogió de hombros.

—Lo ignoro. De todos modos, intentaré valerme por mí mismo.

—Necesitarás nuestro permiso para seguir aquí.

—Por supuesto, ustedes son los dueños de su país.

—Mbama es el dueño de Cogo.

—Y yo lo acepto, teniente.

—Debes llamarme *Ndzue*. ¿Entiendes fang?

—Casi nada.

—Significa «jefe guerrero». *Ndzue*, no olvides, apréndelo de memoria.

— *Ndzue...*, sí.

Mbama se levantó de pronto, con agilidad.

—Tendrías que haberte ido, doctor.

—Usted manda y tiene el poder para expulsarme, *Ndzue*.

—Pero ahora ya no te vas a ir, ni aunque lo desees.

—¿Qué quiere decir?

—Yo necesito tener un médico y mi gente necesita un médico. De modo que no te irás. Me encargaré de que te lleguen medicinas desde Bata. Y no te preocupes, tendrás siempre comida y mi protección... Y cuando quieras chicas, te haré traer unas cuantas o te daré dinero para que las compres. Mbama no quiere que le falte nada a su ilustre huésped.

—¿Y mi familia?

—Apúntame su dirección o un teléfono, lo que quieras. Les enviaré un mensaje cuando vaya a Bata diciendo que te quedas para ayudar a la nueva Guinea.

Luis escribió una nota con los datos que le pedía el policía.

—No sé en qué puede ayudar un médico sin medios —dijo al tiempo que le tendía el papel.

—Aquí hay mucha gente, como nuestro presidente, que prefiere a nuestros antiguos hechiceros —siguió el policía—. Pero Mbama prefiere a los médicos. Si me pongo enfermo, tú sabrás lo que tengo y podré curarme. Ahora, dame algunas medicinas, doctor.

—¿Qué medicinas necesita?

—Cualquiera..., dame unas cuantas.

Luis se acercó a la puerta. Llamó por encima del hombro de Mbama:

—Isabel..., trae un frasco de bicarbonato y otro de piramidón.

Se volvió hacia Mbama.

—¿Le vale así?

—Está bien por ahora. Ya te pediré más.

Isabel entró en la sala. Era una muchacha pequeña, bonita y bien formada. Vestía una bata blanca y sonrió con dulzura a Luis al tiempo que le tendía las cajas.

Mbama se las arrebató antes de que llegaran a manos del médico.

—Guapa chavala, doctor, mucho más guapa que la otra que me abrió la puerta. ¿Es tu «mininga»?

—Puedes retirarte —dijo Luis a la muchacha—. No tengo «mininga» —añadió dirigiéndose al policía cuando la chica abandonó la sala.

—Pues si no la jodes tú, alguien tendrá que hacerlo. En Guinea no desperdiciamos nada. Ya sabes, somos negros, jodidos negros, como decíais los españoles, y cogemos cualquier cosa, incluso las sobras que dejáis los blancos. ¿No era así los días en que mi país era vuestro?

—Yo nunca dije eso.

—Cuando era un niño, yo buscaba comida en

los cubos de basura de los blancos. Así que aprovecha a esas dos chicas antes de que venga a mirar en tus basuras.

Y salió riéndose.

Luis se quedó donde estaba, sin moverse.

Era un prisionero.

A la tarde, bajó caminando hasta la ciudad y tomó la calle principal en dirección a la parroquia. Subió la pretenciosa escalinata de aquella iglesia de aspecto tenebroso.

Le contó lo que había sucedido al padre Diego, delante del tablero de ajedrez.

—Soy un prisionero —concluyó.

—Me temo que yo no —respondió el sacerdote.

No jugaron la partida. Sólo bebieron palomitas. Y la última botella de anís del padre Diego quedó vacía.

De regreso al hospital, Luis cruzó ante el porche de la estación de Policía. Mbama y dos de sus hombres jugaban al *akong* bajo la luz de las linternas. Mbama le vio pasar.

—¡Tú, médico! —gritó con voz de beodo—. Se

me olvidó decirte que nunca cierres la puerta de tu casa por dentro, ni de día ni de noche. ¡Para Mbama no hay cerrojos en Cogo!

Y rió coreado por sus hombres.

Una semana después, Mbama expulsó de Cogo al padre Diego. Le obligó a irse andando hasta Bata para que intentase salir del país desde allí.

Luis era ya el único español en la triste ciudad a orillas del Muni.

El hospital se arruinó durante los meses siguientes. Nadie lo limpiaba y las dos enfermeras se marcharon porque dejaron de cobrar su sueldo. El polvo flotaba en aquel establecimiento, en el que correteaban los ratones y las cucarachas volaban, entrando y saliendo por las ventanas de cristales rotos. Un día, los policías saquearon las salas de la enfermería y se llevaron todas las camas. Luis logró conservar su despacho, cerrado bajo llave, con una camilla y un armario en el que guardaba sus instrumentos de trabajo y medicinas. Algunas veces, los hombres de Mbama le llevaban fruta, pescado y carne. Y también cajas con medicinas traídas de Bata. Pero en los días siguientes, volvían a reclamárselas en nombre de su jefe.

También se quedó sin servicio en su casa. Cerró varias habitaciones, pero mantuvo abierto su estudio del piso alto. Rezaba para que los policías no vinieran a robarle el telescopio. Muchas noches, a oscuras en su estudio, contemplaba el cielo estrellado de Cogo, buscaba las constelaciones, las nombraba para sí... Aquel espacio puro y salpicado de miles de luces era su única y cálida compañía. Pensaba que no podría sobrevivir sin las estrellas. Por alguna razón que no pretendía analizar, verlas allí arriba, quietas hasta los confines del tiempo, le producía serenidad y confianza.

Vivía aislado del mundo. No sabía apenas nada de su mujer ni de sus hijos. A veces, Mbama se acercaba a su casa y le informaba de que había enviado un telegrama a Pamplona para que su familia supiera que estaba bien. Otras, le aseguraba que tenía noticias de que su familia se encontraba perfectamente. Pero Luis no estaba seguro de que aquel hombre le dijera la verdad. En ocasiones, Mbama le daba gruesos fajos de billetes de ekuele, la nueva moneda guineana, y Luis los guardaba en su despacho. Llegó a poseer cientos de miles. Pero no le servían para otra cosa que para comprar pescado en el embarcadero, comida en los colmados y muchachas en los bares de las noches de Cogo.

¿Por qué no había subido a la lancha ese último instante en que su esposa le rogó que lo hiciera? Carecía de futuro, pero a pesar de ello alentaba una confusa sensación de esperanza en su interior.

Toda la ciudad temía a Mbama. Algunos hombres habían desaparecido de Cogo y se decía que él los había matado. También se sabía que había violado a varias mujeres. Las tomaba a su gusto y nadie oponía resistencia. En los corrillos de algún colmado en donde sirvieran cerveza caliente, en las conversaciones en voz baja, al anochecer, a la luz de las velas, la gente le llamaba *Nlo Nsong*, que en lengua fang significa «cabeza maliciosa». Decían, también, que en su alma habitaba un demonio, el *evú* del cocodrilo.

En 1972, casi tres años después del éxodo español, Macías se proclamó presidente vitalicio. Hubo celebraciones en todo el país. Y en Cogo, desde luego. Dos hombres de Mbama subieron a buscar a Luis. El jefe de la Policía le invitaba a los festejos.

Al anochecer, encendieron hogueras en la explanada junto al puerto y medio centenar de muchachas danzaron *baleles* al ritmo que marcaba el furor de los tambores. Bailaban con el vientre cubierto por una falda de escobilla y con los pechos desnudos. Hacía mucho calor, un aroma de sensualidad animal venía de los bosques y Mbama bebía cervezas sin tregua. Sentado a su lado, Luis se vio obligado a beber, a su vez, un par de botellas y a brindar en varias ocasiones por el presidente Macías.

—¿Estás a gusto, doctor? —insistía Mbama, más beodo a cada rato que pasaba—. No quiero que te falte nunca de nada.

—Tengo lo necesario..., *Ndzue*.

—¿Estás seguro?

Al término de una de las danzas, Mbama señaló hacia las mujeres.

—Elige a una, la que más te guste.

Luis dudó.

—¿Yo...?

Mbama dejó escapar una bronca carcajada.

—¡Claro, tú! ¿No necesitas una mujer? Todos las necesitamos. Escoge la que quieras, doctor, y llévatela arriba.

Luis señaló a una muchacha muy joven en la que ya había reparado durante las danzas. Tenía unos pechos pequeños y firmes, rematados por recios pezones que brillaban como el bronce a la luz de las hogueras. Al bailar, se movía con la agilidad de un felino.

Alzó la mano y señaló hacia ella.

—¡No tienes mal gusto, doctor...! Había pensado elegirla yo, pero te la cedo con gusto: eres mi invitado de honor.

Mbama apuntó hacia ella la boca de la botella de cerveza.

—Tiene ojos de tigre y seguro que su pulpa es

como la del mango. Ve a cogerla y súbetela a tu casa antes de que me arrepienta del regalo. ¿No me das las gracias, doctor?

—Gracias, *Ndzue*.

—Aprovecha la vida, doctor, aún eres joven. Y aunque te espere el diablo a la vuelta del camino, disfruta, incluso pecando. Dios no se portaría contigo mejor que Satanás.

En el dormitorio, antes de quitarse la falda de escobilla y unas pequeñas bragas, Ceferina le dijo que tenía trece años. La cabeza de Luis zumbaba y sus miembros ardían de deseo. Era consciente de lo que estaba haciendo, pero la vehemencia de sus sentidos vencía con facilidad a sus convicciones y a su fe. Sabía que pecaba contra todo mientras gemía de placer al moverse sobre el cuerpo desnudo de la niña.

La vio algunas veces más y la llevó con él a su casa. Le hacía el amor y luego sentía asco de sí mismo.

Después, Ceferina desapareció de Cogo. Luis buscó a otras mujeres, algunas de ellas también menores de edad: le sobraba dinero guineano para comprarlas. Sus sentimientos de culpa fueron atenuándose con el paso del tiempo.

Al día siguiente de las celebraciones en honor de Macías, dos muertos llegaron flotando al estuario de Muni. La gente dijo que eran nigerianos de Biafra.

Escolástica cantaba en la cocina. Luis miró su reloj. Eran casi las doce y Melita no tardaría en venir. Decidió arrumbar sus recuerdos del pasado y acercarse al hospital, apenas unos cuantos metros más allá de su casa. Se encontraba débil, pero la fiebre no había vuelto. Echó una ojeada a las camas del hospital. Sólo estaban ocupadas tres de ellas. Por enfermos de malaria. Dos eran niños y el tercero, una mujer de unos cincuenta años.

Habló un rato con los dos enfermeros. Óscar y Fabián eran cubanos blancos, enviados por el gobierno de La Habana a sueldo del gobierno de Guinea. Cobraban una miseria y Luis los consideraba unos profesionales mediocres. No sentía demasiada simpatía por ellos. A Óscar le había descubierto una noche en la cama de una paciente muy joven; eso no le había gustado y le había amenazado con expulsarle. Más tarde pensó que, después de todo, él no era mucho mejor que el enfermero.

Antes de salir al porche, miró a su alrededor y sintió una punzada en el pecho. El hospital iba otra vez camino de la ruina. De nada o de muy poco habían servido sus esfuerzos de los años siguientes a la caída de Macías y la huida de Mbama. Ni todo el dinero que había empleado en levantar de nuevo aquello que habían destruido la desidia, el abandono y la tiranía de sus años de prisionero en Cogo.

Salió por la puerta principal, rodeó el edificio, entró en su despacho y echó el pasador. Miró el calendario: 3 de octubre del año 2004. Tal vez el jurado del premio Nobel tenía en esos momentos su nombre encima de la mesa. Prefirió no pensar en ello.

Sacó las llaves del bolsillo del pantalón y abrió el

cajón de su mesa. Tanteó con la mano al fondo, detrás de varios fajos de documentos, hasta que sintió el tacto del metal.

Era un pequeño revólver de seis tiros, de acero plateado y cachas de hueso. Lo abrió y comprobó que seguía engrasado y limpio, pese a que habían transcurrido algunos meses desde la última vez que se ocupó del arma. Seis proyectiles ocupaban los correspondientes orificios del cilindro giratorio.

Se lo había arrebatado al cadáver de un agente de la Policía, muerto en la comisaría de Cogo cuando las tropas de Obiang entraron en la ciudad después del golpe que derrocó a Macías. Mbama, el temible *Nlo Nsong*, «cabeza maligna», había huido horas antes. Sin jefe y mal armados, sus hombres ofrecieron muy escasa resistencia. Y los que no se entregaron, cayeron abatidos uno detrás de otro en el cuartel, la comisaría y las calles desiertas de Cogo. Los prisioneros fueron fusilados de inmediato. Era agosto de 1979.

Los nuevos soldados fueron en busca de Luis. Tenía que curar a algunos heridos de la tropa rebelde. Y allí, en la comisaría, mientras ordenaba a los soldados que echasen sobre una mesa a un compañero alcanzado en la pierna por un balazo, para aplicarle un torniquete de emergencia, vio al hombre muerto, medio oculto junto a la puerta que daba al patio, y el brillo del revólver que sobresalía de la funda. Cuando los soldados se llevaron al herido para cargarlo en un vehículo y subirlo al hospital, Luis se acercó al cadáver, tomó el arma y la guardó en su maletín. Más tarde, en su casa, al anochecer, comprobó que estaba cargada, con seis balas en el cilindro.

Salió del despacho y, tras echar la llave, caminó hacia su casa con paso apresurado. Subió al estudio y escondió el arma en el armario, detrás de las botellas de licor, cerrando después el candado.

A la hora del almuerzo, escuchó la voz alegre de Melita en la cocina. Hablaba con Escolástica y las dos mujeres se reían.

—¿Sabes lo que me han contado hoy en la oficina? —decía Melita mientras almorzaban *pepe-súp* guisado con colorado.

Se reía mientras hablaba.

—No puedo adivinarlo —respondió Luis, poco interesado en lo que dijera la muchacha.

—¿Conoces a Mamá Runegunda...?

—Pues ahora mismo no caigo.

—La habrás visto mil veces. Es una abuela muy popular y muy simpática. Vive ahí en el barrio de Cogo Chico, cerca del bar de Fina, esa porquería de bar que tanto te gusta...

—Es un buen bar. Y Fina es una buena amiga.

—¿Buena amiga? Lo que quiere es acostarse contigo, doctor.

—Vale, vale, no insistas, lo has dicho mil veces. Sigue con la historia. Esa Runegunda que dices..., ¿no es una mujer ya mayor que camina encorvada y fuma un tabaco que huele espantosamente?

—Ella es... Pues verás: tiene un hijo y nietos en

Malabo y el otro día le trajo un pariente dinero de su hijo para que fuera a la isla, en el avión, a pasar una temporada con ellos. El hijo trabaja para los americanos en el petróleo, como conserje en las oficinas, y gana mucho dinero. ¿Y sabes lo que ha hecho Mamá Runegunda?

—No soy adivino.

Escolástica se asomó al comedor y, apoyándose en el quicio de la puerta, se quedó allí mirándolos, sonriente y asintiendo con la cabeza, cómplice de la historia de Melita.

—Escucha, escucha..., no te lo pierdas —siguió Melita—. Una de sus hijas la acompañó hasta Bata. Fueron en un «taxi-país», directas al aeropuerto. ¿Y a que no imaginas qué llevaba Mamá Runegunda de regalo para su hijo? ¡Un cerdito, un cerdito vivo atado con una cuerda!

Las dos mujeres se rieron al unísono. Luis encogió los hombros.

—No parece algo extraordinario —dijo.

—¡No he terminado! —dijo Melita, ahogándose casi en carcajadas—. Es que Mamá Runegunda quería subir con el cerdo al avión. Y un policía la detuvo y le dijo que estaba prohibido subir al avión con animales vivos... ¡Y ahí viene la gracia!

Escolástica, en la puerta, se doblaba sobre sí misma mientras coreaba las risas de la muchacha.

—¿Sabes qué hizo Mamá Runegunda, sabes qué hizo? Pues le pidió al policía el bastón, el otro se lo cedió y allí mismo, en la sala de espera, ¡la abuela mató al bicho a porrazos! ¡A porrazo limpio!

Luis rió.

—Y claro —concluyó Melita—, la dejaron subir porque no está prohibido llevar animales muertos. ¡Ay, esa Mamá Runegunda... es única!

Durmió la siesta y, al atardecer, pese a que no se encontraba muy fuerte, decidió bajar a la ciudad y buscar a Fina. Había llovido durante un rato y la empinada cuesta que llevaba hasta el embarcadero estaba cubierta por una escurridiza capa de fango color lechoso que obligaba a caminar con lentitud. Olía a alcantarilla.

Caminó hacia el norte, en dirección al lugar en donde desembocaba el río Congué. Los bares de la calle principal estaban repletos de clientela que bebía cerveza y coñac Garvey, el licor favorito de los guineanos. Saludó a Nicolasa, la dueña del restaurante Gracias a Dios, que permanecía cruzada de brazos en la puerta del local. Algunos parroquianos del bar El Estuario gritaron su nombre con cordialidad y él les devolvió una sonrisa. Se detuvo en los colmados Cuatro Estaciones y Comercial la Luna para ver si habían traído huevos frescos, pero no tenían existencias desde hacía días.

Siguió caminando calle adelante. En la acera de la izquierda, asomaba entre dos edificios largos la pequeña oficina de Getesa, en donde trabajaba Melita. Ella charlaba con un cliente y no le vio pasar.

Cruzó junto a las empinadas escaleras de la iglesia. Era una escalinata muy ancha que, al llegar a un rellano, se abría en dos brazos curvados. Había veintinueve escalones hasta el rellano y otros nueve en cada uno de los brazos; los había contado muchas veces durante sus años solitarios de Cogo.

Arriba, se alzaba el campanario sobre una torre de dos pisos y, en el pico, reinaba en milagroso equilibrio una imagen de la Virgen con el Niño Jesús en brazos. Aquella iglesia, que los cogoleños llamaban «la catedral», le parecía a Luis un edificio lóbrego, el hogar de un vampiro sanguinario.

Tres policías jugaban al *akong* en la puerta de la comisaría, como en los días de Mbama. Luis sintió alivio de no ver allí sentado a su viejo enemigo. Por fortuna, Doroteo Mbota no parecía estar en ese momento en el cuartel y se podía ahorrar el tener que detenerse y saludarlo. Tenía una buena relación con el nuevo jefe de la Policía, pero resultaba un poco pesado y agobiante, sobre todo si había bebido algunas cervezas.

Siguió hasta el final de la calle y dobló a la derecha, ya en el barrio de Cogo Chico. Ascendió la cuestecilla y llegó al bar de Fina, que se llamaba El Momento de la Vida. Era un chiringuito con una pequeña terraza, en la que había mesitas protegidas con sombrillas que anunciaban Coca-Cola. El cielo estaba cubierto con nubes que tal vez trajeran lluvias. Luis se sentó al aire libre. Del interior de la caseta, surgía una música chillona y bronca. Pensó que quizás era un reggae.

—¡Doctor, doctor, qué gusto da verte...! —gritó Fina para hacerse oír bajo el ritmo atronador que brotaba de los altavoces—. ¿Dónde te habías metido?

—*Mboló* —saludó Luis en fang.

La mujer se acercó y le estampó dos vigorosos besos en las mejillas.

—¡Te traigo ahora mismo una cerveza y me siento a charlar contigo! —chilló—. ¡Tengo cervezas frías: españolas, de Mahou!

—¿No podrías bajar esa horrorosa música? —pidió Luis a voces.

—¡Claro, claro, doctor! —repuso Fina mientras se dirigía hacia la caseta con poderosos movimientos de nalgas.

—¿Qué sabes de Mbama? —preguntó Luis.

Se sentaba frente a la mujer. Fina, que había cumplido ya los cuarenta años, poseía una cara ancha, pelo muy recio y ensortijado, y pechos y caderas de buen tamaño. Había enviudado hacía diez años y no tenía hijos ni se había vuelto a casar. «No quiero un nuevo borracho en mi cama —solía decirle a Luis—, y aquí la mayoría de los hombres se emborrachan todos los días y pegan a sus mujeres.»

Fina vivía holgadamente con lo que le proporcionaba El Momento de la Vida. Era un mujer emprendedora e inteligente, la mejor amiga de Luis en Cogo.

—Lo que todo el mundo sabe: que ha vuelto de la cárcel y está en la aldea de Mibonde Elón, arriba del Utamboni —respondió ella.

—¿Le has visto?

—Yo no. Sólo le vieron unos pocos cuando llegó desde Bata en un «taxi-país». Enseguida se fue a la aldea en cayuco. Dicen que está viejo y débil. Vive con su hija en la aldea.

—Y a ella..., ¿la has visto?

Fina asintió.

—Dice a quien le pregunta que Mbama quiere morir tranquilo.

—¿Y tú qué crees?

—Que para un perro como él, morir tranquilo significa matarte antes. Debes marcharte una temporada de aquí. Hasta que se muera o se aburra y se vaya o le mate alguien en venganza por todo lo que hizo en Cogo.

—¡Bah!, todos pensáis lo mismo. No creo que se atreva a venir a Cogo y buscarme. Aquí tiene muchos enemigos.

—Es un diablo y la gente le teme. Dicen que en su alma habita un cocodrilo.

Bebieron otras dos cervezas.

—¿Cuándo te vas a casar conmigo, doctor? —preguntó ella riendo.

—No quiero más bodas.

—No me importa la chica con la que estás: aquí los hombres suelen casarse con dos o tres mujeres, ya lo sabes.

—Melita tiene celos de ti; no lo consentiría.

Fina rió fuerte.

—¡Vaya con la niña, una pantera furiosa!

Luis se levantó para irse. Miró el cartel que anunciaba el nombre del bar.

—¿A qué momento de la vida te refieres? Nunca me lo has dicho.

—Porque nunca me lo has preguntado... Es un secreto; pero te lo diré por ser tú, doctor: me refiero a ese momento que perdí en mi vida, el momento en que debí decirle que no me casaba con él al borracho de mi marido. ¡Bien muerto está!

—¿Y por qué quieres casarte conmigo?

—Porque tú eres distinto.

—No tienes ni idea de las ignominias que he cometido y las que desdichadamente sé que soy capaz de cometer. Ni siquiera yo lo sabía hace años.

—La fiebre no te ha sentado bien a la cabeza, doctor.

—Los recuerdos son los que no me sientan bien a la cabeza y el temor a lo que puedo hacer en el futuro. Y me voy ya, los jejenes me están friendo los tobillos a picotazos. ¿Cuánto te debo?

—Hoy te invito, doctor.

Después de la cena, subió al estudio. Las nubes seguían cubriendo el cielo y esa noche no podría ver las estrellas. Eso le inquietaba. Optó por buscar el libro de poemas de Juan Ramón y bajó de nuevo a la sala.

—¿Qué lees? —preguntó Melita cuando él ya se había sentado al arrimo de la lámpara y había abierto el libro.

—Poemas de un gran escritor español...

—Léeme uno.

—Tú no entiendes de poesía.

Melita se levantó y se acercó a él.

—¡Cómo que no entiendo! Yo sé muchas poesías...

—¿Sí? ¿Cuáles?

—Poesías que me enseñaron de pequeña...; mi abuela sabía muchas.

Luis se quitó las gafas, cerró el libro y lo dejó sobre sus rodillas.

—Venga, recítame una...

—Son en fang.

—Recítala en fang.

Ella acometió, con voz leve y dulce, una letanía que sonaba rimada, casi como un canto. Cuando concluyó, Luis simuló un aplauso.

—No he entendido nada, claro.

—Intentaré traducirla.

Melita cerró los ojos, se concentró y comenzó:

—Ojalá pudiera estar junto a ti en un desierto. Ojalá estuviera contigo en una isla perdida. Ojalá me encontrara contigo en un cuarto cerrado. Ojalá hiciera contigo un largo viaje. Ojalá me dejaran vivir sólo para ti. Ojalá cometiera adulterio contigo...

Abrió los ojos y miró a Luis expectante.

—¿Te ha gustado? —preguntó.

—Repítela, por favor —pidió Luis.

Ella obedeció.

—Es muy hermoso lo que dice —añadió Luis cuando ella terminó.

—Es una poesía muy antigua. A mí me gusta mucho, la que más de todas las que conozco. Porque dice todo lo que siento por ti.

Luis se levantó. Caminó hasta la terraza. Ella le siguió y arrimó su cuerpo al del hombre.

—Ojalá me dejases vivir sólo para ti —dijo Melita.

Luis miró al cielo encapotado. ¿Por qué le alteraba la presencia de aquel manto translúcido de nubes que cegaba la noche?

—Y ojalá hubiera siempre estrellas sobre nosotros —respondió él.

IV

Mediaba la mañana y el calor apretaba de firme. A primera hora, ayudado por Óscar, uno de los enfermeros cubanos, Luis había operado de urgencia a una mujer, afectada por una apendicitis aguda. El guardián de noche del hospital acudió a su casa a despertarle antes de la salida del sol.

—La trae su marido y dice que la esposa tiene un cólico miserere, doctor —explicó el hombre con gesto abrumado.

Ahora la mujer se encontraba fuera de peligro y ocupaba la única habitación privada del hospital. En su despacho, Luis hacía recuento de las medicinas para preparar luego el pedido al hospital de Bata. Pensaba ir en su coche y quedarse dos días en la ciudad. Le apetecía una buena cena y comprar botellas de vino y varias cajas de cerveza y agua mineral en el supermercado Hermanos Martínez. Tal vez Melita se animara a acompañarle.

Llamaron a la puerta. Abrió. Ante él, asomó el rostro redondo del padre Diego.

—Pasa, padre —dijo echándose a un lado—. Bienvenido al hospital. ¿Quieres sentarte y tomar un café?

El sacerdote entró, pero se quedó en pie junto a la puerta. Una raya de sudor se escurría bajo el salacot y cruzaba su frente hasta la ceja derecha.

—No puedo quedarme, tengo cosas que hacer... Sólo quería darte una noticia... No es buena. Ayer le concedieron el premio Nobel de la Paz a una mujer keniana. Se llama algo así como Maathai, lo he oído en la radio. Es una activista de la lucha contra la degradación del medio ambiente... Lo siento.

Luis se acercó a la mesa y se apoyó en el borde. Sonrió.

—Vaya..., una africana de nuevo. Es una ironía, como si alguien quisiera burlarse de mí. Las tres veces que he sido candidato, el Nobel ha ido a parar a instituciones y personas que tienen que ver con África..., como yo. Primero, en el 99, a Médicos sin Fronteras; luego, en el 2001, a la ONU de Kofi Annan; y ahora, esa mujer keniana... Suena a burla.

Movió la cabeza.

—Una ironía, una ironía absurda... ¿Una activista medioambiental?

—Eso ha dicho la radio. Por lo visto lleva años luchando contra la degradación del clima y la naturaleza en África..., la contaminación, las talas de bosques, los vertidos de petróleo...

—Más que ironía, parece una burla. ¡La madre que los trajo...! ¿Qué coño de jurado es el del Nobel? ¡Ven conmigo, padre!

Salió bruscamente de su despacho y caminó hacia la parte delantera del hospital. Se detuvo mirando hacia el estuario y los bosques.

—¿Los ves, padre, los ves? Miles, millones de árboles... ¿Qué hay que hacer? ¿Quedarse aquí quieto, vigilando para que no se quemen o los corten?

¿O dejarlo todo y quebrar tu existencia por sanar personas? Esta mañana he salvado la vida a una mujer. Hubiera muerto si no la opero. Y no hay nadie en Cogo, ni en muchos kilómetros a la redonda, que pudiera hacerlo salvo yo. ¿Cuántos árboles vale una vida? Dime, padre, ¿cuántos árboles vale una vida humana?

—Comprendo lo que sientes.

—No, no, padre..., tú no puedes entenderlo por completo. Tú no esperas nada, sólo el cielo. Yo sí esperaba algo, un reconocimiento. Y ya nunca lo tendré. El tren ha pasado por última vez y no se ha detenido en mi estación.

—Merecías ese premio.

—¿A quién le importa? Es gracioso. —Rió con amargura. Y agregó—: Quemas tu vida por las de los demás y para el mundo es más importante que no se queme un árbol.

—Debo irme, Luis.

—Gracias por traerme la noticia.

—Hubiese preferido que fuera buena. Lo siento de veras. ¿Quieres jugar esta tarde al ajedrez?

—No lo sé.
—Te esperaré.

No regresó al hospital. Durante un largo rato permaneció contemplando el estuario, iluminado ahora por una luz poderosa. Dos cayucos navegaban a vela mar adentro, en dirección a las Elobey. ¿A quién le importaba en el mundo lo que había hecho con su vida?

Caminó hacia la casa y subió al estudio. Desde arriba, contempló de nuevo el Muni. Aquél era el escenario real de su vida desdichada, se dijo. «Los paisajes son ajenos al dolor o a la felicidad —pensó—, la naturaleza no siente, los hombres somos unos extraños para ella. ¿Qué les importa a los árboles de esa colina boscosa la vida de un hombre, o al gran cocodrilo que se oculta bajo la superficie del agua, o al lagarto que corre en el jardín o al águila pescadora de cabeza y alas blancas que planea en el cielo?»

Dos veces se había equivocado en su vida. La primera, en 1969, cuando no subió a la lancha que llevaba a su mujer y a su hijo hacia el barco que evacuaba a los españoles. La segunda, en 1979, cuando regresó a Cogo, después de que Obiang derrocó a Macías y pudo salir de Guinea. Ahora pagaba el precio de aquellos fatales errores. Era el triste fin de un drama. O quién sabe si de una tragicomedia. Pensó que cualquiera que le contemplase desde fuera podría reírse de él.

Era agosto de 1979. Muchos españoles regresaban a intentar recuperar sus propiedades y otros venían enviados por el gobierno español para acometer tareas de cooperación que ayudaran a levantar un país arruinado.

Luis hizo el viaje contrario: se desplazó por carretera a Bata, navegó en el barco hasta Malabo y, desde allí, voló a Madrid. Luego tomó el tren de Pamplona. Antes de eso, había logrado comunicar por teléfono con Mari Ángeles. Y allí, en el andén, la vio acercarse con dos niños de la mano. Corrió a abrazarles. Era como nacer de nuevo. José María tenía doce años y Javier, diez.

Sus padres habían muerto durante su ausencia. Y era heredero de una enorme fortuna, no sólo en dinero, sino también en propiedades inmuebles y fincas rurales. Mari Ángeles había envejecido y ganado, al menos, una docena de kilos durante aquellos diez años de separación. La noche de su llegada, hicieron el amor, un frío e insulso abrazo que a Luis le hizo añorar a las muchachas negras con las que se había acostado en los últimos años.

José María era un chico abierto y seguro de sí. Javier se mostraba más retraído y callado. Los dos querían estudiar medicina. Los dos se acercaban a Luis con desconfianza, como si no le sintieran su padre.

La prensa le agobió durante unos días. La suya era la heroica imagen de un navarro perdido en las selvas que había resistido aquellos años de dureza para entregar su vida a los demás, casi un revivido san Francisco Javier. Recibió homenajes de los antiguos alumnos de su colegio, de la Universidad, de la Diputación Foral y del Ayuntamiento. Y rechazó integrarse en dos partidos políticos que le brindaron una plaza de candidato a diputado en sus listas para las siguientes elecciones generales. A menudo, la gente le paraba en la calle para estrechar su mano y felicitarle por su valor.

Pero Luis pensaba, cavilaba sobre su vida y añoraba Guinea. Y sobre todo, sentía que tenía una deuda que cobrar, que la vida le debía una satisfacción.

Abrió el armario, tomó una botella de whisky y se sirvió una buena porción en una copa redonda. No era bebedor. Pero en ese momento deseaba emborracharse. O quizás destruirse. Detrás de las botellas, vio brillar la pistola. Podía matarse y a nadie le importaría, pensó. Quizás sólo a Melita. Tal vez ella era lo único a lo que podía asirse en su vida. Ella le quería y él no era nadie. Sin embargo, ahora no estaba tampoco demasiado seguro de amarla.

¿Matarse?, se preguntó mientras daba un largo trago de whisky. El licor le arañaba la garganta.

No iba a matarse. Pero tal vez debería matar.

A poco de regresar, tal vez antes de que transcurriera un mes, se dio cuenta de que no estaba enamorado de Mari Ángeles. Y también de que la vida que ella le proponía era absurda e insustancial: encontrarse con amigos a comer o merendar, pasear por la plaza del Castillo saludando a gente que no conocía y ver cómo Mari Ángeles le mostraba y le presentaba con orgullo, recibir en casa y ser recibido, ir a misa los domingos, participar en conversaciones que nada o muy poco le interesaban... Era un extranjero, ya no pertenecía a aquella ciudad ni a aquel país.

Sus hijos le resultaban extraños. Habían asumido los valores de su familia materna. Eran buenos estudiantes, desde luego; comedidos y educados, se sentían orgullosos de ser pamplonicas, una expresión que a Luis se le hacía un poco detestable, como si significara en cierta medida el orgullo de dar la espalda al mundo. Nadie le preguntaba nunca por Guinea, ni siquiera sus hijos. Y eso le parecía raro. ¿Por qué un niño no siente curiosidad hacia un país lejano? No podía entender la frialdad de aquellos dos críos nacidos de su sangre. Daba la impresión de que Guinea, en su familia, era una palabra maldita.

Mari Ángeles nunca preguntó nada sobre la vida sexual de Luis durante aquellos años de soledad. Él pensaba que la razón no era otra que el temor a la verdad. Pero le hubiese gustado sentir sus celos, detectar alguna forma de pasión en aquella mujer a la que apenas reconocía. Y se preguntaba si realmente estuvo alguna vez enamorado de ella.

Era un extranjero. Y una voz interior le pedía que regresara a su patria.

—Regreso a Guinea. Ven conmigo —le dijo un día a su esposa.

—No volveré jamás. Odio ese país.

—Es el mío.

—¿Y tus hijos?

—Los has hecho tuyos, sólo tuyos.

—¿No los amas?

—No me aman.

—Has cambiado. Creo que te detesto.

—Sólo necesitaba escuchar eso para irme.

—No vuelvas nunca.

—No volveré. Debemos separarnos...

—Jamás. Soy católica.

—¿Ser católico significa odiar?

—¿Quién dice eso? Dios es amor.

—Leo el odio en tus ojos.

—Lees lo que quieres leer. Realmente, no te odio.

—Pero yo no te amo.

—Ésa no es una razón para irte... En Pamplona, mucha gente vive unida y no se ama.

—No amarnos es la mejor razón para que no me quede. ¿Adónde puede ir alguien que no ama?

—Puede quedarse quieto.

—He olvidado qué significa estarse quieto.

—Vivir una vida normal, como todo el mundo.
—La vida sólo tiene sentido fuera de las normas.

En la cuesta que comenzaba al filo de la terraza y descendía hacia la ciudad, temblaban los árboles, azotados por un viento que traía perfumes de tormenta. La tierra parecía respirar y el cielo mostraba una apariencia sudorosa. El lagarto de cabeza roja había atrapado un saltamontes y lo mantenía quieto entre sus mandíbulas, moviendo la cabeza hacia los lados, como si desconfiara de que algún otro animal fuera a quitárselo. La sombra de un cuervo que pasaba volando sobre la copa del mango cruzó sobre el suelo y el reptil, sin soltar su presa, corrió a refugiarse entre los matorrales.

Tuvo que aguardar un par de meses antes de poder irse de Pamplona. En ese tiempo, durmió en un hotel. Tan sólo vio a Mari Ángeles para firmar los papeles que hacían a sus hijos herederos de una buena parte de su fortuna y a su esposa le concedían el usufructo del dinero. Ella no llevó a sus hijos para que se despidieran de él.

Una parte de su capital quedó en un banco, como fondo para la reconstrucción del hospital de Cogo.

Y a finales de septiembre de 1979, Luis Urzaiz regresaba a Guinea.

Cuando el año 1999 fue candidato al Nobel, la Universidad de Navarra en la que había hecho su carrera no añadió su firma en la propuesta de las instituciones que lo habían elegido.

Para entonces, y desde años atrás, Dios no le era necesario.

Oyó llegar a Melita y bajó a encontrarse con ella. La muchacha notó su alteración.

—¿Te sucede algo, tienes fiebre otra vez?

Luis se sentó en un sillón frente a la puerta acristalada que daba al estuario.

—No me han concedido el Nobel.

—Vaya por Dios, amor mío.

Se agachó a su lado, le tomó la mano, la besó y luego siguió acariciándola.

—Es una injusticia, estoy segura.

—Tal vez mi vanidad ha ido demasiado lejos.

—Ay, vida mía, no estés triste.

—No lo estoy..., en realidad no sé cómo estoy. He bebido un vaso de whisky. Hoy querría emborracharme.

—No lo hagas, no me gustan los hombres borrachos. Y en Cogo hay muchos..., demasiados. Se emborrachan y pegan a sus mujeres.

—Tengo que ir a Bata; hay que comprar suministros y medicinas.

—Pediré permiso e iré contigo.

—Me haces falta.

—Me gustaría hacerte falta siempre.

—Hace mucho que no voy a Bata. Quizás tres meses. Y andamos escasos de casi todo.

—Te animará ver una ciudad grande. Comeremos en buenos restaurantes. Allí hacen un estupendo *pepe-súp* de tortuga. Y por las noches, podemos ir a bailar a Mamaite o a La Salsa.

—No me pidas que baile.

Durante los últimos meses, habían ensanchado la pista que unía Cogo con Bata e, incluso, asfaltado algunos tramos. Ya no atravesaban aquella selva opresiva que parecía dispuesta a engullir a cualquiera que transitara en la cercanía de sus fauces. La tierra era roja. A veces, sorteaban ríos de corriente majestuosa y aguas muy claras. Las enormes ceibas y los cimbreantes cocoteros cerraban un paisaje sobre el que reinaba un cielo de brioso azul surcado por nubes veloces. En ocasiones, la humedad alcanzaba un nivel tan denso que desprendía de los bosques torbellinos de humo, como si los matorrales ocultasen un incendio bajo sus faldas verdes.

Se alojaron dos noches en el Hotel Panáfrica, a la vera del mar. Melita se ocupó de comprar verduras, fruta, latas de conserva, cerveza y vino. Luis consiguió medicinas y reservas de gasas, vendajes y alcohol para casi medio año. Durante las mañanas, un pegajoso y agobiante calor se echaba sobre la ciudad con la textura de una medusa; por las tardes, llovía a jarros. La última noche de su estancia en Bata, refrescada por la lluvia del atardecer, Melita y Luis cenaron cangrejos rellenos y *pepe-súp* de tortuga en la terraza del Hotel Rondo, un aseado y pequeño local del barrio de Comandachina. El aire llegaba desde el océano, perfumado de algas.

—Estoy pensando en irme de Guinea —dijo de pronto Luis mientras apuraba un trago de ron añejo. Tenía ganas de beber en esos días.

—¿Volverás a España?

—A cualquier sitio menos a España.

—¿Y yo?

—Te llevaría conmigo..., si no tienes inconveniente.

—Sabes que me iría contigo a donde tú fueses. Te quiero.

—Es algo que ahora me resulta incomprensible.

—Porque nunca te ha interesado leer en mi alma. Eres tú quien no me ama.

—¿Y a quién amo?

—Tengo la sensación de que ni siquiera a ti mismo.

—Eres demasiado inteligente para ser guineana.

—Hay muchos guineanos más inteligentes que yo. No seas desdeñoso con mi país. Lo que pasa es que yo te amo y he aprendido a leer en tu corazón. Y está triste, caído.

Esa noche decidió salir al malecón y pasear a solas. Melita se quedó en la habitación del hotel viendo una telenovela que llegaba a través del canal internacional español. El mar gemía al llegar a la orilla. Parecía un ser moribundo. El aire era espeso, cálido, salitroso.

No se cruzó con nadie en aquel largo paseo marítimo de farolas fatigadas. Algún taxi pasaba de cuando en cuando por la carretera que corría en paralelo al océano y le guiñaba sus luces para indicarle que iba libre. En la lejanía del Atlántico, algunos puntos brillantes reflejaban la presencia de barcos. Arriba en el cielo, las constelaciones formaban una horda desordenada que, en ocasiones, rompía como un rayo una enloquecida estrella fugaz. Olía con vigor a sargazos.

Su vida era un completo fracaso. Lo percibía ahora con toda claridad. Pero no era suya toda la culpa. Era cierto que podía haberse ido, evacuado del país en 1969, con su mujer y su hijo. Y también había podido quedarse en Pamplona cuando regresó en 1979 para ver a su familia. Desde esa perspectiva, era el único responsable de ese amargo colofón que parecía cerrar su existencia. Sabía que nunca más le propondrían para un premio Nobel que se había esfumado tres veces entre sus dedos. Le quedaba morir.

No obstante, todo no quedaba resuelto con ese sencillo análisis. Durante diez años, había sido un prisionero, el prisionero de Mbama. Y si decidió volver y reconstruir el hospital, no fue tan sólo porque se sintiera un extraño en Pamplona y hubiera dejado de amar a su esposa, sino también para saldar una deuda que había contraído consigo mismo. Y en cierto sentido, para vengarse de Mbama, de la humillación a que le sometió durante diez años. Pensaba que, estando en Cogo, podía recuperar su dignidad perdida, purgar sus ignominias realizando algo noble que el mundo pudiese admirar.

Y ahora había perdido el Nobel para siempre. Y no tenía familia. Y Melita no bastaba para salvarle. Y Mbama había vuelto y tal vez venía a matarle.

«Pero yo no debo morir», pensó. Era al contrario. ¿No era Mbama quien merecía la muerte?

Dos meses después de su viaje a España, en el otoño de 1979, estaba de regreso en Cogo. Contrató obreros, rehabilitó el hospital y su casa, instaló dos potentes generadores y se hizo traer en barco, desde España, los instrumentos, el mobiliario y el material necesarios para poner en funcionamiento el centro hospitalario y acomodar su vivienda. Contrató personal y enseñó a trabajar a nuevas enfermeras. Para la primavera de 1980, el pequeño hospital de Cogo era el mejor de Guinea.

El padre Diego regresó a hacerse cargo de la parroquia a finales de ese año. Luis y él volvieron a sus partidas de ajedrez. Un día, al concluir el juego, mientras tomaban dos palomitas en la terraza de la vivienda aneja a la iglesia, el sacerdote le dijo al médico:

—He notado que no asistes a la misa de los domingos, doctor.

—Tú siempre has dicho que, para hablar con Dios, no es preciso estar en el interior del templo.

—No me contestes a la gallega. En diez años no te has confesado, supongo...

—¿Con quién iba a hacerlo?

—Ahora estoy yo.

—Con un amigo no puede haber confesión. Estaría en desventaja contigo: tú sabrías mis ignominias y yo ignoraría tus infamias. Eso me obligaría a dejarte ganar al ajedrez.

—Puedes ir a Bata a confesarte y comulgar.

—He pecado demasiado en estos años. No existe un Dios capaz de perdonarme. De modo que ha sido más fácil para mí dejar de relacionarme con Dios.

—No digas boberías, doctor. Regresa al redil.

—Es tarde ya, padre: soy más lobo que cordero.

La mañana siguiente, Melita y Luis volvieron desde Bata con las vituallas y los medicamentos. El ánimo del médico seguía hundido en la pesadumbre.

Descargó en el hospital los materiales y medicinas. Y encerró bajo llave, en su despacho, todo lo más valioso. Desde unos pocos años atrás, sus succsivos cmplcados no habían cesado de robarle. Eran pequeños hurtos que uno por uno carecían de importancia, pero que acababan por hacer casi la labor de un termitero. De pronto, un día dejaba de haber vendas. Y otro, se esfumaban los últimos frascos de alcohol.

Cuando regresó de España, el hospital comenzó a funcionar casi modélicamente. Se salvaban numerosas vidas y el nombre de Luis aparecía con frecuencia en los periódicos españoles y, ocasionalmente, en la prensa de Europa. Pero en 1983, el país cambió y su vida sufrió un pequeño giro. Ese año, hubo un intento de golpe de Estado contra Obiang, el primero desde que ocupaba la presidencia del país.

El gobierno intervino contra los intereses españoles. El gobernador de Bata viajó unos días a Cogo y nombró a un delegado local, Atanasio Mba, un tipo grande y gordo, sudoroso y de rostro embrutecido, que siempre vestía camisas de vistosos colores, con estampados en los que aparecía el rostro del presidente Obiang, y que bebía cerveza a todas horas.

Mba fue a visitarlo a poco de su nombramiento. Y le comunicó que, a partir de ese instante, el hospital quedaba bajo la autoridad civil de Cogo. En pocos meses, Mba expulsó a la gente formada por Luis y también a los conserjes y al personal de limpieza. Y enseguida empezaron los pequeños robos. Dos años después, llegaron los enfermeros cubanos, merced a un acuerdo de cooperación firmado entre Malabo y La Habana. La desidia, el deterioro y la falta de higiene se fueron adueñando del centro.

Pero el nombre de Luis aparecía con más frecuencia en los periódicos de España y Europa. Había recibido algunos premios. Dos equipos de televisión acudieron a rodar sendos programas sobre su vida en 1993 y en 1997. Comenzaba a sonar su nombre para candidato al premio Nobel, aunque la primera propuesta formal no llegaría hasta 1999.

—¿Por qué no lo dejas todo y te vas? —le preguntó un día el padre Diego—. Te están tomando el pelo y el hospital acabará por hundirse.

—Lo pienso a diario. Pero escuchas llorar a un niño, sabes que a nadie le importa si se muere o no... ¿y qué haces? Te quedas.

No era ésa, sin embargo, la única ni la más profunda razón para permanecer allí. Pero bastó para conseguir la sonrisa de aprobación del sacerdote.

Luis sabía bien que la razón más honda era su vanidad.

—Dios sabrá perdonarte, Luis —añadió el clérigo—. Quizás tus obras están por encima de tus pecados.

—No pongas la mano en el fuego, padre Diego.

En 1986 hubo un nuevo intento de golpe de Estado. Los cadáveres bajaron desde los ríos. Y las cárceles de Evinayong, en el interior de Guinea Continental, y de Black Beach, en la isla de Bioko, se llenaron de presos políticos.

Luis había seguido manteniendo relaciones esporádicas con muchachas locales, a menudo a cambio de dinero. No era difícil encontrarlas en los bares de la calle principal, durante las noches, y en el barrio de Cogo Chico. La mayoría eran menores de edad.

Pero en 1993, conoció a Melita y se la llevó a vivir con él. El padre Diego enfureció, consideró aquello un atentado contra la moral y un mal ejemplo que dañaba su tarea evangelizadora. Durante sus años como párroco de la ciudad, su principal empeño había sido la lucha contra el amancebamiento y la poligamia. Ahora, un hombre blanco, un español respetado en la ciudad, pecaba públicamente contra la ley de Dios. Y con una criatura que acababa de cumplir los dieciséis años.

La discusión de los dos hombres fue vehemente y furiosa. Luis echó de su casa al sacerdote.

El hospital seguía camino del deterioro absoluto.

Al atardecer del día de su regreso de Bata, nubes tiznadas tupían el cielo y en la lejanía se escuchaban truenos y resplandecía el destello de los relámpagos. Luis decidió acercarse al local de Fina. Conforme descendía la cuesta y caminaba por la calle principal hacia el norte, las nubes se ennegrecían más y más y olía a tierra empapada por la lluvia.

La tormenta arrancó justo cuando alcanzaba El Momento de la Vida. Ganó en tres saltos la protección del alero metálico y se acodó en el mostrador. Fina salió del cuarto del interior. Atronaba la música de un reggae.

—¡Doctor, bienvenido!

—¡Baja la música, diablo de mujer!

—¡Bien, bien! —obedeció ella sonriéndole—. ¡Como ordene su excelencia!

La lluvia formaba un denso cortinón grisáceo que impedía ver más allá de medio centenar de metros. El propio estuario del río era una pantalla plana de color ceniza en la que no se distinguían los bordes del agua ni los bosques del otro lado. El agua caía a chorros de los canalones y corría enloquecida sobre el fango de la calle que bajaba hasta el río.

—Me he librado por un pelo de empaparme —dijo Luis.

—Pues va a durar un buen rato. Lo mismo te tienes que quedar a dormir. ¿Te importaría dormir conmigo, doctor?

—No, si te estás quieta.

—¿Qué mujer ardorosa podría estarlo con alguien como tú tumbado al lado? ¿Cerveza, doctor?

—Cerveza. Y otra para ti. Pero déjame que hoy invite yo.

Bebieron entre el fragor de los truenos y el furor de los rayos y los relámpagos.

—Hoy no importaría que me fulminase un rayo —se le ocurrió decir a Luis.

—¡Qué cosas tienes!

—No pinto ya nada en la vida.

—¿Por qué dices eso tan triste?

—Porque es la verdad.

—No me digas que estás pensando en el suicidio.

—Lo he pensado.

—No voy a dejar que te mates. Hablaré con Melita, con el padre Diego; te ataremos a una silla si hace falta...

—No te apures, he decidido no hacerlo. De otro modo, no te lo contaría.

—Me alegro de oírte decir eso.

—Pero a lo mejor tengo que matar.

—¿A quién?

—¿A quién puede ser? A quien mató hace años una buena parte de mi vida y quizás, ha regresado para terminar la tarea.

Esperó casi dos horas a que amainase la tormenta. La cerveza le había mareado un poco. Cuando llegó a su casa, Melita le esperaba en la terraza.

—He estado con la hija de Mbama —contó la muchacha—. La abordé en un colmado.

—¿Y qué dice?

—Que Mbama ha venido a descansar y morir. En la cárcel de Black Beach lo han torturado, ha padecido hambre y enfermedades... No quiere matar a nadie.

—¿Crees que ha dicho la verdad?

—Me parece que la hija sí lo cree... Pero quién sabe lo que oculta Mbama.

—¿Cómo se llama ella?

—Ciriaca.

—Sí, ahora me acuerdo...

—Es hermosa. Resulta extraña: la piel tan tostada y ese pelo casi rubio tan bonito... ¿Quién era la madre, doctor? ¿Lo sabes tú?

—Es una historia larga y tengo sueño. Otro día te lo contaré.

Subió al estudio después de cenar. Abrió el armario, buscó la pistola y la acarició. Volvió a dejarla en su sitio, detrás de las botellas, y cerró con llave.

Luego, apagó la luz y se sentó mirando hacia el estuario en sombras.

V

Era el mes de agosto de 1976, casi ocho años después de proclamarse la independencia, cuando de nuevo decenas de cadáveres bajaron de los ríos al Muni. Después, se supo que, en apenas unas semanas, Macías había expulsado del país a la gran mayoría de los nigerianos que trabajaban como braceros en las plantaciones de cacao. Varios centenares fueron fusilados. La economía guineana cayó en la absoluta bancarrota. Según contaban, Macías estaba en manos de los brujos, asistía a diario a ceremonias de *bují*, tomaba iboga de forma constante y había comenzado a comer carne humana.

Era muy temprano, alrededor de las siete y media de la mañana de uno de aquellos días de agosto, cuando tres hombres de Mbama llegaron a buscarle. Iban armados y le apremiaron a bajar con ellos al embarcadero. Luis se vistió con prisas, fue a la cocina y se echó al bolsillo un par de plátanos.

—Ve al hospital y coge las cosas que te hagan falta para una operación —conminó uno de los policías.

—¿Qué operación? —preguntó el médico.

—Un parto —dijo el otro.

Tomó de su despacho el maletín y echó dentro gasas, desinfectantes, analgésicos, tijeras, material de sutura y un fórceps. No le quedaba morfina ni cloroformo. Bajó la cuesta a bordo de una renqueante caminoneta.

El cayuco estaba ya en marcha cuando treparon a bordo, y el barquero, dirigiendo el timón y acelerando el motor fuera borda, abandonó el muelle y viró a babor. Era una tosca embarcación construida con el tronco de un solo árbol, de entre ocho y nueve metros de eslora, con el casco pintado de un desgastado color rojo. Luis se sentó en uno de los bancos delanteros, mirando hacia proa. A su izquierda se acomodó un policía, con el fusil máuser sostenido entre las rodillas y apuntando hacia el cielo. Tras ellos se sentaban los otros dos agentes y, en la banqueta de popa, con dos grandes bidones de gasolina ante sus piernas, el cayuquero.

—¿Adónde vamos? —preguntó Luis al policía de su lado.

El otro no volvió el rostro. Simplemente alzó el brazo derecho y señaló hacia delante. Era como no decir nada: ante la proa llegaban las corrientes del Miltong, el Mveñ y el Utamboni a reunirse en el Muni. Podían tomar cualquiera de los tres.

Cruzó la embarcación entre el cuartel militar de Cogo y el islote redondo que Luis veía desde su terraza. Un bando de cuervos escapó asustado de la profusa vegetación que cubría la isla. El médico miró hacia arriba y distinguió, entre la arboleda de mangos, la fachada dcl hospital y, un poco más allá, el piso alto de su casa. Ahora la barca navegaba dejando el cementerio de la ciudad a babor, las pequeñas cruces sin nombres hundidas entre la hierba alta. Un poco más adelante, asomaron al río las casas de una aldeílla cuyo nombre había sido Madrid hasta que Mbama lo rebautizó como Río Muni.

El cayuquero puso rumbo a estribor y se arrimó a la ribera sur de la isla de Ebongo. Entraban en el río Utamboni, corriente arriba. La orilla gabonesa del cauce formaba, a la derecha, un extenso cenagal de barro negro sobre el que reposaban garzas solitarias y bandos de pelícanos.

Las nubes cubrían el cielo y el aire era fresco. Pero volaban altas y Luis pudo alcanzar a ver a su izquierda el pico del monte Mitra, el más alto de Guinea, reinando sobre una cordillera de cumbres azules. Ni un solo cayuco, salvo aquel en el que viajaba, cruzaba en esa hora el Utamboni. A la derecha, más allá de la ciénaga, asomaban los ocasionales grupos de casas y pequeños embarcaderos.

Una hora y media después de haber salido de Cogo, dejaron atrás el pueblo de Kangañe. Grupos de niños chapoteaban en el embarcadero y saludaban su paso alzando los brazos con júbilo. El río se estrechaba y el bosque ceñía las orillas. Y al mismo tiempo, la selva se tornaba más inhumana, sin apariencia de vida, tétrica, con manglares cubriendo las riberas, árboles mostrando sus raíces retorcidas sobre el agua y lianas que descendían de las copas de los altos elones y formaban desordenadas cabelleras, como las greñas de un ser desaseado. Luis se comió dos plátanos y arrojó las pieles al agua.

El cayuco viró a la izquierda y continuaron aguas arriba, en un curso que se iba encogiendo bajo el peso de la vegetación de las orillas conforme penetraban en las honduras de la selva. Bandos de pequeños loros pasaban chillando sobre el cayuco y, en ocasiones, un solitario martín pescador volaba a ras de agua hasta posarse en la rama de un árbol lejano.

De pronto, el soldado que se sentaba a su lado gritó alborozado algo en fang, mientras señalaba más allá de la proa. Luis pudo distinguir que algo flotaba en el agua. Era un cadáver. Los tres policías comenzaron a dispararle con sus carabinas. Se reían cuando un proyectil se incrustaba en el cuerpo del muerto. Algunas balas levantaban salpicaduras de la superficie del agua. Cuando el cadáver pasó junto a la barca, por el lado de babor, Luis echó una leve ojeada y comprobó que era un hombre. Estaba de espaldas, desnudo, y varios agujeros de bala atravesaban sus nalgas, sin que se apreciara la presencia de sangre. El cuerpo desprendió un olor nauseabundo al pasar río abajo próximo al cayuco: Luis pensó que debía de llevar varios días muerto.

—¡Le hemos arreglado el culo a ese nigeriano! —dijo el policía de su lado, mirando al médico y riéndose.

Cuatro horas después de haber salido de Cogo, llegaban a una estrecha playa en la que había atracados otros tres cayucos. Encima del río se alzaba un caserón de madera y, a su lado, la grúa oxidada de un viejo aserradero que conservaba el nombre de sus fabricantes: TALLERES UNURSA. BILBAO.

Un hombre se acercó al embarcadero y agarró el cabo para amarrar el cayuco a unas estacas clavadas en el suelo, que hacían las veces de noráis. Los pasajeros, manteniendo a duras penas el equilibrio a causa del balanceo de la estrecha barca, saltaron con dificultad a tierra. El hombre de la orilla tendió la mano a Luis y le ayudó a ganar la playa.

—¿Qué lugar es éste? —preguntó el médico.

—La aldea de Mibonde Elón, señor español.

—¿A cuántos kilómetros estamos de Cogo?

—Creo que a unos cincuenta o sesenta, pero no estoy seguro. En el río medimos las distancias en tiempo de viaje. Y habrán tardado unas cuatro horas en llegar con un motor como el de su cayuco. ¿O no?

El pueblo se alzaba en una colina boscosa y las casas se esparcían a los lados de la senda que trepaba desde el río, entre los cultivos de yuca y de banano, a un par de kilómetros de distancia de la orilla del Utamboni. Las nubes se habían retirado y apretaba el calor. Luis ascendía el sendero con esfuerzo, sudoroso, siguiendo la marcha de uno de los policías y con los otros dos a sus espaldas. Se cruzaban con gentes del pueblo, hombres, mujeres y niños, y todos sin excepción le tendían la mano a Luis para estrechar la suya y darle la bienvenida. Pasaron junto a una gran iglesia de madera: una imponente campana de bronce ocupaba el hueco de la alta espadaña.

Al final del camino, casi en la cumbre de la colina, se alzaba la que parecía ser la última casa de la aldea, un edificio de madera y techo de metal de una sola planta, pintado de azul celeste. Frente a la casa, al otro lado de la senda, se abría una barrancada. Detrás, el denso bosque cerraba el paisaje.

Antes de que Luis alcanzara el edificio, un hombre salió al porche. El médico reconoció a Mbama.

—Has llegado a tiempo, doctor.

Se hizo a un lado.

—Pasa, lleva ya un buen rato dando gritos; se ve que el niño quiere salir.

Las cortinas de la casa permanecían echadas, y Luis entró en la sala en penumbra. Al fondo, una mujer permanecía de pie junto a una cama. Y en el lecho había otra mujer tendida boca arriba. Al contraluz, bajo la sábana, se distinguía el gran bulto del vientre.

Luis se aproximó a la cama.

Era una mujer blanca, de cabellos rubios.

Ella abrió los ojos.

Musitó:

—Doctor Luis...

Y el médico reconoció de pronto a Pilar, la joven maestra española desaparecida de Cogo cuatro años atrás.

Mbama permanecía en el vano de la puerta. Luis se giró.

—Que se quede todo el mundo fuera. Ella me ayudará —dijo señalando a la mujer que permanecía junto a la cama.

Mbama salió y cerró la puerta a sus espaldas.

Luis se dirigió a su nueva ayudante:

—¿Hay sábanas limpias y agua caliente?

—Sí, doctor.

Se acercó de nuevo a Pilar y con una gasa le limpió el sudor de la frente. Luego, retiró la sábana que la cubría.

—Vamos a ver qué tal va todo..., intenta ser valiente.

Pilar habló con voz muy baja, entre sollozos.

—Ese hombre..., Mbama, me ha tenido secuestrada aquí todos estos años... Y me violaba cada vez que venía al pueblo. No quiero tener ese hijo, doctor Luis.

El médico sintió que algo le oprimía el pecho. Respiró hondo.

—Ya no es posible..., el niño debe nacer.

—No quiero vivir.

Fue un parto sencillo. Y la niña pareció poner más empeño que la madre en asomarse al mundo. Luis calculó que pesaría unos tres kilos. Tenía la piel más oscura que Pilar, pero no era completamente negra.

—Ahora debes descansar —dijo a Pilar, mientras entregaba la niña a la mujer—. Ella se cuidará de tu hija. Es muy guapa.

Se sentía satisfecho de no haber tenido que emplear el fórceps o realizado una cesárea de emergencia. Pilar pareció dormirse.

—Bañe bien a la niña —ordenó a la mujer.

Salió. Mbama esperaba sentado a la sombra del porche.

—¿Qué tal ha ido? —preguntó sin levantarse.

—Es una niña..., ha sido muy fácil.

—¿Es muy negra?

—Tostada, pero creo que tendrá el pelo muy rubio, como la madre.

—Ahora debes irte a Cogo, doctor. En esa casa —y señaló un edificio pequeño unos cien metros colina abajo— te darán algo de comer.

—La mujer debería venir conmigo al hospital.

—¿Para qué, hay alguna complicación?

—Para mantenerla un tiempo en observación y que se recupere bien. Un parto es siempre algo traumático.

—Tonterías. Las mujeres han parido toda la vida en el campo y no han necesitado hospitales.

—Esa mujer no está aquí por su gusto.

Mbama se levantó y se acercó hasta el médico.

—¿Y quién te lo ha dicho, ella?

—Me lo he imaginado.

—Tienes una imaginación muy viva, doctor. Está aquí porque quiere y se va a quedar.

—¿También estoy yo en Cogo por mi gusto?

Mbama soltó una carcajada más forzada que natural.

—¿No te sientes mi huésped?

—Todo es diabólico... —acertó a decir.

—¿Y quién es el diablo, acaso yo? —preguntó Mbama—. El diablo es un invento de blancos, lo mismo que Dios. ¿Tú crees en Dios, doctor?

—No lo sé.

—Pero ves en mí al diablo, ¿no es eso?

Volvió a reír sonoramente.

—Dios no hace falta en Guinea..., a nadie, doctor. A ti, todavía menos. ¿Qué pasaría con tus pecados si Dios existiera? No podría perdonártelos. Yo los conozco. Sé las muchachas con las que has andado estos años. Sé que compras a algunas de vez en cuando. Y que te gustan casi niñas. ¿Yo soy peor por tener esa mujer conmigo? Hazme caso: prescinde de Dios; es más cómodo vivir sin él y no temerle. Y ahora, lárgate a Cogo de una vez.

Hizo una seña a los policías. Luis bajó la cabeza y emprendió camino hacia el embarcadero, sin detenerse a comer nada.

Se sentía inerme y humillado como nunca en su vida.

Transcurrieron varias semanas antes de que volviera a ver a Mbama. Procuraba no bajar a la ciudad para evitar encontrárselo. Pero una tarde, el policía se asomó de improviso en la terraza de su casa. Sonreía. Luis se levantó.

—¿Cómo está mi huésped de honor? —dijo Mbama. Se sentó en el sillón que había dejado vacío el médico—. ¿Mucho trabajo? —volvió a preguntar.

—Poco... No tengo casi nada en el hospital para atender a la gente. Es mejor que los enfermos se mueran en sus casas.

—Te mandaré algunas medicinas uno de estos días. ¿No me preguntas por mi hija?

—¿Cómo está?

—Muy bien. Es rubia y morenita de piel. Será muy guapa. Le he puesto de nombre Ciriaca, como mi abuela. ¿Te gusta?

—No sé. ¿Y Pilar?

Mbama se levantó. Paseó unos segundos sin decir nada y luego volvió el rostro y miró directamente a los ojos de Luis.

—Ése es el problema... No quería comer, no quería ver a la niña. Y dos semanas después de que Ciriaca naciera, la encontraron muerta en la habitación: se había ahorcado.

—¡Dios, es horrible!

—Yo no estaba en el pueblo. Me enteré hace dos días, cuando fui a verla. No creas que no lo he sentido..., me gustaba a rabiar esa mujer, me han gustado siempre las mujeres blancas y rubias, desde que trabajaba casi como un esclavo para vosotros los españoles, antes de la independencia.

Luis se dio la vuelta y miró hacia el estuario. De pronto, el mundo parecía vaciarse de sentido. Oyó decir a Mbama a sus espaldas:

—¿Lo ves extraño, doctor? En los días de la colonia, a vosotros os gustaban las chicas negras. Mis hermanas tuvieron que acostarse con patronos blancos cuando ellas eran unas niñas y ellos, hombres curtidos, algunos con más de cincuenta años. ¿Qué tiene de raro que a mí me gusten las mujeres blancas? El mundo es igual de natural y de violento para unos y para otros. ¿O no somos todos hombres?

—No tendría ni treinta años... —musitó el médico.

—Una de mis hermanas no había cumplido los trece cuando la forzó un blanco —respondió Mbama. El policía se levantó y se colocó ante Luis—. Es mejor que te ahorres decirme lo que piensas, doctor, o podría tomar medidas contra ti. Ella se suicidó, mucha gente lo hace, y los culpables de un suicidio son ellos, los suicidas..., sólo ellos.

Luis callaba y eludía la mirada de Mbama.

—Así que yo estoy tranquilo, aunque la mujer me gustase y la vaya a echar de menos en la cama. —Se encogió de hombros—. Tendré que buscarme a otra, en fin. Negras me sobran, pero lo malo es que en Guinea no quedan rubias. ¿Podrías tú encargarme una? —se rió el policía—. También tú debes de estar tranquilo, doctor. Ya sabes..., si no tienes un Dios que te castigue, sales siempre bien parado.

Y se alejó hacia la cuesta que llevaba al centro de Cogo.

Los primeros síntomas de que algo grave había sucedido en el país llegaron a Cogo en la acostumbrada forma macabra a principios de agosto de 1979: decenas de cadáveres descendieron de los ríos, como si hubiera un acuerdo milenario entre la historia y el estuario del Muni para marcar las fechas señaladas con cuerpos que se pudrían, hinchados y flotando rumbo al mar. Esta vez, muchos bajaban vestidos con uniformes de soldados.

Un «taxi-país» llegado de Bata unos días después trajo la noticia: Teodoro Obiang, sobrino del dictador Macías y coronel del ejército, educado en España, había apeado a éste del poder por medio de un inesperado súbito golpe de Estado. Apenas se habían producido algunos combates en Malabo y en Bata. En el resto de Guinea Ecuatorial, las tropas de Macías habían entregado sus armas sin resistencia. Pero los militares alzados habían fusilado a numerosos soldados leales.

En Cogo, Mbama arengó a sus hombres delante de las gentes de la ciudad, afirmando que se disponía a resistir. Sin embargo, dos días antes de la llegada de las tropas de Obiang, desapareció del pueblo durante la noche. Se decía que había escapado a bordo de un cayuco, quizás hacia Gabón o tal vez a las selvas del interior.

Las tropas rebeldes entraron en la villa disparando sin tregua sobre los hombres de Mbama, antes siquiera de exigir su rendición. Mataron también a quienes osaron resistirse y fusilaron a los prisioneros. Los cogoleños, cuando los disparos callaron, salieron a la calle a vitorear a los vencedores. Arrastraron los cadáveres de los vencidos y les prendieron fuego después de rociarlos con gasolina, sobre hogueras alimentadas con neumáticos de desecho. Cogo olía esa noche a carne, goma y gasolina quemadas. Y la gente no cesó de bailar hasta el amanecer.

Dos días después, el sargento Doroteo Mbota entró en Cogo para ocupar la plaza de nuevo jefe de Policía. Lo primero que hizo fue llenar la ciudad de pasquines en donde la efigie borrosa de Mbama aparecía sobre una frase en la que se leía «Se busca» y se ofrecía una recompensa. Mbota era un gran aficionado a los *westerns* y llevaba una canana con un revólver, cuya funda caía a la altura de su muslo.

A la mañana siguiente, Luis entró en el despacho de Mbota. Algunos de los soldados le conocían desde el día en que atendió a los heridos tras la caída de Cogo.

—Yo sé dónde está Mbama —dijo al nuevo jefe de la Policía.

Mbota se levantó y le estrechó la mano.

—Sé quién eres, doctor. Y que has ayudado a mis hombres. ¿Dónde está Mbama?

—Utamboni arriba, en un pueblo que se llama Mibonde Elón, a cuatro horas en cayuco a motor.

—Iremos por él. Tardaré unos días en darte la recompensa.

—No la quiero. Désela a los hombres que lo detengan.

—La nueva Guinea te quedará agradecida.

—Sólo quisiera pedirle un favor, sargento.

—Llámame jefe.

—Jefe...

—Dime.

—Quiero que Mbama sepa que soy yo quien le ha dicho dónde se esconde.

—Se lo diré yo mismo. Voy a ir personalmente a detenerle.

—Gracias, jefe.

Una semana más tarde, al atardecer, las gentes que transitaban cerca del embarcadero vieron llegar varios cayucos abarrotados de soldados. En el primero de ellos, viajaba Mbota, luciendo su revólver al cinto. La bandera guineana ondeaba en la popa de la embarcación. En el segundo, viajaba Mbama, encadenado y con el rostro deformado.

Fina le dijo a Luis unos días después que la recompensa ofrecida había ido a parar a los bolsillos de Mbota.

A Mbama lo trasladaron a Bata y luego a Malabo. Fue condenado a cadena perpetua por un tribunal militar y encerrado en la tenebrosa cárcel de Black Beach.

Luis regresó a España. Pero dos meses más tarde, estaba de vuelta en Guinea.

«¿Seguiré para siempre en Cogo?», se preguntó, solo en la oscuridad de su estudio, de nuevo instalado en el amargo presente tras haber desgranado sus recuerdos de aquellos años en que vivió prisionero de Mbama. Pero ¿adónde iría si abandonaba la ciudad guineana en que había transcurrido más de la mitad de su vida? La idea de regresar a España se asemejaba a una mirada al abismo desde lo alto de una cortada. Y sentía vértigo. Además, ¿qué haría en Pamplona, la umbría ciudad que su corazón había dejado de amar? Pasó por su cabeza la idea de buscar otro lugar de África, tal vez el cercano Camerún, un país más organizado y menos corrupto que Guinea, en el que sus proyectos y su dinero podían servir para algo útil en lugar de disolverse en la desidia y el robo. Sintió una honda fatiga y desechó la idea.

Intentó pensar en sí mismo y en reconocerse tal y como era cuarenta años atrás. ¿En qué creía, cuáles eran sus aspiraciones y sus sueños, qué proyectos alentaba? Recordaba vagamente una existencia relajada y sin exigencias excesivas, rodeado por una familia tradicional, por amigos junto a los que había crecido y a los que veía a menudo, y con una novia adinerada y de nobles apellidos. Se le abría un futuro sereno y próximo a lo que la mayoría de la gente de su entorno consideraba la felicidad. Nada le amenazaba, no precisaba pensar en el dinero, vivía en una sociedad sana y tranquila que no iba a exigirle otra cosa que respetar con discreción una serie de comportamientos y normas sociales no escritas y aceptadas por todos. En Pamplona, los únicos héroes de antaño habían sido los misioneros iluminados, los aristócratas extravagantes, los pintores bohemios, los poetas borrachos y los carlistas locos. Pero nadie pedía ya tales cosas en una sociedad tranquila, levemente apática, burguesa y segura de sí misma.

Y entonces, surgió África. Fue como un rayo que de súbito cayó sobre su existencia y acabó por quemarla entera. En su ánimo, la serenidad se transformó en pasión; la tibieza, en incendio; el sosiego, en vehemencia; la apatía, en ansiedad; la calma, en ambición; el reposo, en vanidad, y el gozo, en sed. Ni siquiera ahora acertaba a explicarse de manera plena cómo había podido suceder aquello.

Los años siguientes le arrastraron a una vida

vertiginosa. Se envileció y vivió rodeado de infamia y crimen. ¡Ah..., las muchachas desaparecidas de Cogo y que probablemente secuestraba Mbama, o aquellas que él mismo compraba en las noches de lujuria sin ley! ¡Y los muertos que bajaban de los ríos hasta el Muni, escribiendo con sangre y pestilencia la historia de Guinea Ecuatorial! ¡Y su fracaso final, el reconocimiento que sus esfuerzos y sacrificios exigían y que el áspero mundo le negaba! ¿Era una forma de expiación de sus culpas, era el modo que Dios tenía de demostrarle que, a su pesar, Él existía y que todo gran pecado arrastra una pesada penitencia?

Sin embargo, no era preciso ir al infierno para pagar sus yerros. Luis vivía en el infierno.

En todo caso, él no era el único responsable de tanto mal y tanto ignominioso escenario crecido a su alrededor. También estaba Mbama.

Un golpeteo de nudillos en la puerta le sobresaltó. Casi gritó:

—¿Quién es?

Se dio cuenta de que sentía temor de Mbama.

Era Melita. Su rostro asomó tímido y sonriente. Su voz sonaba sosegada y dulce.

—¿Te hace falta algo, doctor?

Luis se levantó y caminó hacia ella.

—Tú me haces falta.

Tomó la mano de Melita y la atrajo hacia el interior de la estancia. La besó.

—Me gusta que me necesites —dijo ella.

Y le devolvió un beso caliente.

—Eres una mujer excepcional, percibes mis sentimientos sin que tenga que decírtelos.

—Te quiero, eso es todo. ¿Qué más necesitas? —preguntó Melita con sonrisa coqueta.

—Me gustaría que esta noche durmieras conmigo..., me siento solo.

—Dormiría contigo todos los días si me lo pidieras.

La oía respirar tranquila, tendida a su lado. Pensó que olía a hembra poseída; ese olor a carne de mujer impregnada de sexo de hombre; el aroma que mezcla la humedad excitada de la pulpa y el semen desvariado.

Habían hecho el amor. O mejor: ella le había hecho el amor. Fogosa y gimiente, montó sobre su cuerpo y lo cabalgó, empapada de un leve sudor tibio que perfumó la piel de Luis con olores de bosques y marismas.

Pensó que ella era selva y Atlántico, río y manglar, sargazo y polen, carne caliente de Cogo.

¿Por qué tenía que escapar de allí en lugar de quedarse para siempre a su lado, feliz como los niños? ¿Por qué huir hacia la nada cuando aquella muchacha le ofrecía el paraíso de su alma dulce y su cuerpo tibio?

Sintió que tenía algo de fiebre. ¿Todavía los restos de la malaria?

Pero al dormirse, regresaron las pesadillas de los días anteriores. Y volvió aquel canto extraño de otros días, acompañado con tormentas de tambores y danzas sensuales de muchachas de senos desnudos:

> *Mbama volvió,*
> *Mbama volvió.*
> *Vino pa' matá,*
> *vino pa' matá...*
> *Mbama volvió,*
> *Mbama volvió,*
> *Mbama volvió...*
> *Vino pa' matá,*
> *vino pa' matá,*
> *vino pa' matá.*
>
> *Pa' matá, pa' matá,*
> *pa' matá, pa' matá...*

VI

Se levantó temprano, salió del dormitorio de Melita y se dirigió al suyo. Vio que el cielo estaba encapotado y sintió que el aire soplaba y venía fresco desde el norte, empapado por lluvias lejanas. Se vistió con el traje blanco de lino, subió a su estudio y echó el revólver al bolsillo de la chaqueta.

Dejó una nota a Melita en la cocina, comió unos plátanos y abandonó la casa. Descendió la cuesta envuelto por los apestosos hedores de los desagües. En el muelle, habló unos minutos con Sebastián, el piloto que poseía la mejor barca de la ciudad: un cayuco con motor de cuarenta caballos. Siguió por la calle principal hasta alcanzar la iglesia, trepó los altos escalones y, jadeando casi, entró por la puerta lateral que daba a la casa cural.

El sirviente fue a avisar al padre Diego, que apareció en la sala un par de minutos después de haber llegado Luis.

—Siéntate, siéntate, doctor —dijo solícito el sacerdote—. ¿Has desayunado? ¿Quieres un café, unos huevos?

—Te aceptaré un té, padre.

Se sentaron a la mesa.

—No sé cómo puedes subir todos los días esos horribles peldaños —dijo el médico.

—Me ayudan a mantenerme en forma.

El sirviente trajo la infusión.

—Bueno..., ¿a qué se debe el honor? —inquirió el cura.

—Sólo quería preguntarte si te parece bien que juguemos esta tarde una partida de ajedrez.

—Me parece una idea excelente. Hace muchos años que no jugamos y la verdad es que a veces siento nostalgia de aquellos días.

—Pero te pondré una condición: que nunca hablemos de mi alma.

El sacerdote abrió los brazos y alzó levemente

hacia arriba las palmas abiertas de sus manos.

—¿Qué le vamos a hacer? No tengo más remedio que aceptar tus reglas si quiero volver a jugar. Y de todas formas, ya soy un hombre viejo y cada vez me gusta menos discutir. Pero tú tampoco deberás hablarme de tus opiniones sobre Dios, doctor.

—No lo haré.

—¿A qué hora te espero? ¿A eso de las siete como antaño?

—Creo que estaré de vuelta para esa hora.

—¿Adónde vas?

—A Mibonde Elón, a ver a Mbama.

El clérigo le miró con gesto de asombro.

—Pero... ¿has perdido el juicio, Luis? Ese hombre puede matarte.

—Ese hombre podría matarme en cualquier momento si quiere hacerlo y yo me descuido. Por eso voy a su terreno, para averiguar si de verdad pretende hacerlo.

—Alguien tiene que acompañarte. Iré contigo.

—No, es algo que quiero hacer solo. Y tú eres el único que sabe que voy.

—Deberías hablar con el policía, ese golfo amigo tuyo, Mbota.

—A ése, ni una palabra.

—Se lo diré yo.

—Considera que lo que te he contado es un secreto de confesión.

—No ironices, te juegas la vida.

—Es absurdo... Él es un hombre más viejo que yo y está en un pueblo en donde vive rodeado de gente. Allí no se atreverá a hacer nada contra mí. Si pretende matarme, lo intentará aquí, en Cogo. Quiero hablar con él, mirarle a los ojos, ver si en ellos habita el crimen, como siempre... Y dormir tranquilo a partir de entonces si no es así.

—¿Y si es así?

—A lo mejor entonces tendría que pensar en defenderme...

—¿Matarle?

—He dicho defenderme, padre.

—¿Por qué me cuentas todo esto?

—Porque te considero mi amigo y alguien tiene que saber adónde voy.

—Luego reconoces que existe un riesgo...

—Nada sucederá, pero es buena la precaución de que alguien sepa dónde estoy.

Luis apuró el té y se levantó.

—No debería permitir que te fueras —dijo el sacerdote.

—No puedes impedírmelo, aunque pareces más fuerte que yo —contestó el médico sonriendo—. A las siete estaré aquí y nada habrá sucedido. Si Mbama piensa matarme, lo sabré hoy. No quiero vivir con esa amenaza.

Se detuvo en el colmado para comprar dos latas de carne, dos botellas de agua fría y unos panecillos. Cuando alcanzó el embarcadero, Sebastián ya estaba a bordo, sentado en la popa y con el motor en marcha. Saltó al cayuco y se acomodó en el banco central. Enseguida, el aire fresco del río agitó sus cabellos. Metió la mano en el bolsillo y palpó el revólver.

Era un día muy semejante al de aquella mañana

en que viajó a Mibonde Elón para asistir a Pilar. Cielo cubierto, nubes altas, la cordillera del Mitra señoreando en el norte, vuelo de garzas y pelícanos, manglares, altos árboles, lianas, selva oscura y macabra... Nada parecía haber cambiado en veintiocho años.

«¡Pobre chica!», se dijo recordando a Pilar. Luis la había tratado muy poco en Cogo antes de que desapareciera. Ni siquiera sabía su apellido. Parecía una muchacha muy tímida. Pero era sumamente hermosa y Luis recordaba, en particular, la dulzura de su sonrisa, una forma de sonreír que le confería un aire de inocencia extrema.

Cuando desapareció, pensó que quizás había viajado a Bata para intentar el regreso a España. Nunca pudo imaginar lo que realmente había sucedido.

¿Cómo sería la hija? Jamás la había visto. ¿Conocería la terrible historia de su madre?

Llevaban una hora viajando río arriba cuando Luis sintió deseos de comer. Le pidió a Sebastián la navaja y preparó un bocadillo para cada uno.

El motor era bueno, el cayuco no llevaba otra carga que a los dos hombres, de modo que llegaron en dos horas y media a Mibonde Elón. Luis ascendió la cuesta camino del pueblo, sin prisas, entre los bosquecillos y los pequeños cultivos de yuca y bananos. La gente, como años atrás, se detenía para estrecharle la mano y darle la bienvenida. Cruzó junto a la iglesia y alcanzó a ver, al final del sendero, la casa de madera de una planta, pintada de color azul celeste y techada de metal.

Una mujer salió de ella justo en el momento en que Luis se hallaba próximo al porche. Los dos se detuvieron al verse.

—Hola, Ciriaca —dijo el médico.

—Sé quién es usted..., el doctor español de Cogo. Mi padre no ha venido a matarle, aunque usted arruinó su vida.

—Él arruinó más vidas de las que imaginas, entre otras la de tu madre.

—No le creo. Es mejor que se vaya de aquí; usted

le delató. He vivido muchos años sin padre por su culpa.

—Te puedo contar muchas cosas sobre él que no sabes. Pero prefiero verle antes.

—No quiero saber nada que usted pueda contarme.

—Yo te ayudé a venir al mundo. Y conocí a tu madre.

Ciriaca le miró con asombro; pareció dudar.

—No le creo.

La puerta se abrió a sus espaldas. Un anciano encorvado, que caminaba arrastrando los pies y apoyándose en un bastón con su brazo derecho, salió al porche y se colocó junto a Ciriaca. Luis reconoció de inmediato a Mbama. Parecían haberle caído cincuenta años encima en lugar de veinticinco, estaba muy delgado y tenía varias cicatrices en el rostro; pero no sólo se marcaban los rastros de la antigua viruela, sino también de heridas producidas por golpes. Uno de sus ojos, el derecho, era un ojo muerto. Sin embargo, la mirada del otro era inconfundible para Luis.

—Vaya, el doctor español —dijo Mbama sonriendo y mostrando los sucios restos de una dentadura destrozada—. Mucho tiempo sin vernos, mucho tiempo...

Volvió el rostro hacia su hija.

—¿No ibas a irte a tu casa? Anda, ve con tus hijos. Quiero hablar a solas con el doctor.

—Es él quien tendría que irse ahora mismo del pueblo —dijo Ciriaca.

—Obedece a tu padre.

La mujer inclinó la cabeza, echó a andar, murmuró «cerdo» al pasar al lado de Luis y caminó a paso vivo sendero abajo.

Luis metió la mano en el bolsillo y rodeó con sus dedos la pistola.

—¿A qué has venido, delator? —preguntó Mbama.

—A saber si has vuelto para matarme, perro.

—Ya no me llamas *Ndzue*, como antes. —Sonreía otra vez—. Se te han olvidado los buenos modos.

—Es más exacto llamarte perro. Siempre te odié, ¿lo sabías?

—Y yo a ti, ¿lo ignorabas? Si te apetece, pasa a mi casa, charlaremos sentados.

—Ver esa habitación me traería recuerdos muy sombríos, canalla.

—Si crees que tuve culpa de algo, he pagado de sobra por ello. Veinticinco años en Black Beach..., no sabes lo que es esa cárcel. Hambre, ratas, piojos, enfermedades, palos, torturas...

—Merecías algo peor.

—Pero tú no has pagado. Haz memoria..., no eras mucho mejor que yo. ¿Recuerdas aquella niña que te regalé la noche del *balele*...? No fue la única niña.

—Ceferina desapareció. Tú la mataste.

—Estuvo un tiempo conmigo; no voy a negártelo. Luego se fue de puta a Libreville, a Gabón. Allí seguirá si es que no se ha muerto de sífilis o de sida.... Tú no eres mejor que yo, te lo repito.

—Ni el diablo mejoraría tus hazañas.

—No hay diablo, no hay Dios..., te lo dije muchas veces hace años. Tú y yo nos parecemos mucho y por esa razón nos odiamos. La diferencia es que tú no has pagado por tus culpas.

—¿Eso significa que vas a hacer que las pague..., que has venido para matarme?

Mbama se rió con brío antes de responder. Era la misma risa de siempre: forzada, exenta de sinceridad, como el grito de una hiena.

—No he venido a matarte, no. Y tal vez debería hacerlo. Pero prefiero que te pudras tú solo en Cogo, en esa mierda de ciudad. Porque estoy seguro de que te estás pudriendo allí, tu cara lo dice.

—Tienes intención de matarme, lo sé. Y no vas a lograrlo.

—Carezco de fuerzas y de armas..., ¿cómo podría matarte? Me gustaría hacerlo, desde luego... Pero, de todas formas, casi es preferible que no me creas. Así vivirás con el miedo de que te mate. ¡Cágate ahora en tus pantalones, cobarde!

Luis apretó la pistola, pero no la sacó del bolsillo. Las nubes se habían retirado del cielo y hacía calor.

Pensaba de pronto en otra forma de venganza.

—¿Sabes lo que voy a hacer, perro? —dijo—. Voy

a buscar a tu hija y le voy a contar quién eres, lo que hiciste con su madre, cómo la violaste, cómo murió aquella criatura dulce e inocente. Ciriaca va a saber quién es realmente su padre. Y si están delante tus nietos, también oirán la historia.

Ahora Mbama ya no se reía. Luis percibió que había golpeado justo en el corazón de su enemigo. Le veía temblar de pronto.

—¡Te haré maldecir por un brujo! —gritó Mbama—. ¡Te caerá un mal de ojo y morirás retorciéndote de dolor y tu cadáver lo devorarán los cocodrilos!

—No hay brujos, no hay Dios, no hay diablo...

—Si pudiera matarte, lo haría ahora mismo.

De pronto, Mbama volvió a sonreír.

—Espera..., me doy cuenta. Tú venías a matarme, ¿no es verdad?

—Tal vez, pero se me ha ocurrido una forma mejor de venganza. Iré a ver a tu hija inmediatamente.

—Mátame aquí mismo. Estrangúlame si quieres, me quedaré quieto. Pero no hables con ella.

—¿Me suplicas, perro? No siento ninguna lástima de ti.

Mbama inclinó la cabeza sobre el pecho. Giró sobre sí mismo y, arrastrando los pies, entró en la casa. Luis supo que había vencido.

Se quedó quieto unos instantes. Y de pronto oyó voces y creyó escuchar su nombre. Miró hacia abajo: a unos doscientos metros distinguió, acendiendo la senda, las figuras de Mbota, uniformado, y del padre Diego, con su sotana y su salacot blancos reluciendo bajo el sol.

Dudó unos segundos. Y se acercó a la barrancada que había junto al sendero. Sacó la pistola, decidido a arrojarla entre los matorrales.

Pero un instante antes de hacerlo, oyó un ruido a sus espaldas procedente del porche de la casa y se volvió a mirar.

Mbama avanzaba hacia él, con pasos torpes. En la mano derecha blandía un machete.

Cogo-Madrid,
mayo-julio, 2007

Cronología de Guinea Ecuatorial y de la novela

1777

Portugal entrega a España, por el Tratado de San Ildefonso, la isla de Fernando Poo (hoy Bioko), la isla de Annobón y diversos territorios del continente de la actual Guinea Ecuatorial. Al año siguiente se establece la soberanía española en Fernando Poo.

1860

La isla de Corisco y las Elobeys se incorporan al dominio español.

1862, 1866 y 1881

Se repuebla Fernando Poo con deportados españoles y cubanos.

1869

Los primeros colonos españoles llegan a Fernando Poo tras varios años de disputas sobre la soberanía de la isla con Gran Bretaña. Unas décadas antes, los portugueses fundan la ciudad de Santa Isabel, hoy Malabo.

1883

Los misioneros claretianos, procedentes de Cataluña, se instalan en la isla.

1884-1886

Expediciones de Iradier, Ossorio y Montes de Oca por la región de Muni. Stanley fija a Manuel Iradier los límites de su expansión expedicionaria y el Tratado de Berlín reduce las pretensiones de expansión españolas. Iradier establece su base en Elobey Chico.

1900

Tratado entre París y Madrid en el que se reducen los límites de las posesiones españolas en el continente —o región del Río Muni— quedando en tan sólo 26.000 kilómetros cuadrados los 200.000 que la capital española reclamaba.

1901

La bandera española ondea en Bata. Cogo es bautizado como Puerto Iradier.

1926

Se decreta el uso obligatorio de la lengua española en Guinea.

1948

Primeros brotes de nacionalismo con la creación de los primeros movimientos clandestinos.

1958

Asesinados los primeros dirigentes nacionalistas guineanos, Acacio Mañe y Enrique Novo. Se crean en Guinea dos provincias españolas: Fernando Poo (capital Santa Isabel) y Río Muni (capital Bata).

1964

Guinea accede al régimen de autonomía. El presidente del primer Consejo de Gobierno es Bonifacio Ondo y el vicepresidente Francisco Macías. Se abre el período de mayor prosperidad del territorio y la media del índice del nivel de vida se convierte en la más alta del África subsahariana.

1967

Se abre en Madrid el proceso de independencia de Guinea. El protagonista de nuestra novela, el médico navarro Luis Urzaiz, llega a Guinea y se instala en Cogo, junto al estuario del río Muni.

1968

Primeras elecciones generales en Guinea Ecuatorial, sin mayoría absoluta de los cuatro partidos principales (21 de agosto). Segunda vuelta (29 de septiembre): apoyado por Atanasio Ndong, tercero en votos en la primera vuelta, vence Francisco Macías al candidato «españolista» Bonifacio Ondo. Se forma el primer gobierno (10 de octubre) bajo la presidencia de Macías y con Ndong como ministro de Exteriores. El 12 de octubre se proclama la independencia. La ciudad de Santa Isabel pasa a llamarse Malabo y es elegida capital del país; la isla Fernando Poo recibe el nombre de Bioko y Puerto Iradier es llamado nuevamente Cogo. Nace el primer hijo de Luis Urzaiz.

1969

Intento de golpe de Estado de Atanasio Ndong. Fracasa y es asesinado. Se desata una reacción antiespañola por parte del gobierno de Macías, que juzga cómplice a Madrid de la intentona de Ndong. Siete mil españoles son evacuados del puerto de Bata con el apoyo de barcos de la Armada y un fuerte contingente de la Guardia Civil. La esposa de Luis Urzaiz abandona Guinea con su hijo de un año y embarazada del segundo. El médico se queda en Guinea. Poco tiempo después, es retenido en la ciudad por Teodosio Mbama, jefe de la Policía de Cogo.

1972

Macías se autoproclama presidente vitalicio.

1976

Miles de inmigrantes nigerianos de origen biafreño (una región secesionista de Nigeria), la mayoría trabajadores en los cultivos de cacao, son expulsados de Guinea por Macías y varios centenares de ellos son fusilados. El país entra en la absoluta bancarrota. Luis Urzaiz asiste a Pilar en su parto de la niña Ciriaca, río Utamboni arriba.

1979

El 3 de agosto, el coronel Teodoro Obiang Nguema, sobrino de Macías y graduado en la Academia Militar de Toledo, derroca a su tío en un sorpresivo golpe de Estado. Macías es fusilado veinte días después, acusado de genocidio. Durante su mandato, murieron 50.000 personas, casi un 20 por ciento de la población del país. Obiang solicita la ayuda española al presidente Adolfo Suárez y miles de cooperantes desembarcan en Malabo y Bata. Otros miles de españoles, antiguos colonos, regresan para recuperar sus antiguas propiedades. Luis Urzaiz viaja a España, pero es repudiado por su familia y vuelve a Cogo, donde, con su dinero, rehabilita el hospital. Mbama es detenido y encarcelado en Malabo, en la prisión de Black Beach.

1983 y 1986

Intentos fracasados de golpes de Estado contra Obiang. El nuevo presidente se distancia de España y se aproxima a Francia y a Estados Unidos. Incluye a su país en la órbita económica francesa, adoptando como moneda el llamado «franco CEFA», que debe su nombre a las siglas de la Confederación Económica Francófona Africana. Los prisioneros políticos, por centenares, son todos ellos encarcelados en las inhumanas prisiones de Evinayong y Black Beach. Los opositores a Obiang que se libran de la cárcel permanecen casi todos exiliados en Madrid.

1993

La corrupción renace y se extiende bajo la dictadura de Obiang. Luis lleva a Melita a vivir a su casa.

1996

Obiang, reelegido presidente por mayoría absoluta.

1999

Primera candidatura al premio Nobel de Luis Urzaiz. Le es concedido a la organización Médicos sin Fronteras.

2000

Guinea encuentra enormes yacimientos de petróleo en sus aguas territoriales. En pocos años, se convierte en el tercer exportador de África, siendo uno de los países más pequeños del planeta. Pero la riqueza no se reparte.

2001

Segunda candidatura al Nobel de Luis Urzaiz. Lo recibe la ONU de Kofi Annan.

2002

Mayoría absoluta de nuevo para Obiang tras las elecciones presidenciales.

2004

Tercera candidatura al Nobel de Luis. Se le otorga a la keniana Wangari Maathai, activista contra el deterioro del medio ambiente. Mbama regresa a Río Muni.

Glosario

Akong. Juego muy popular en los países del occidente del África subsahariana, parecido al *backgammon*. Se emplean semillas como fichas en un cuenco de madera de árbol.

Balele. Nombre con que se conoce cualquier danza tradicional en Guinea Ecuatorial.

Bují. Ceremonia de brujería.

Colorado. Especie de pargo de color rojizo, muy abundante en aguas guineanas.

Ekuele. Nombre de la moneda ecuatoguineana durante la presidencia de Macías.

Elón. Árbol muy alto y común en las selvas guineanas.

Evú. Demonio que posee un alma, en las creencias tradicionales de brujería.

Fang. Etnia mayoritaria de la región continental guineana y también la lengua hablada por la etnia. En la isla de Bioko, la etnia mayoritaria es la bubi.

Jején. Mosquito muy pequeño de picadura muy molesta que no transmite infecciones.

Mbeñ. Tradicional instrumento de percusión guineano.

Mbolo. «Hola» en idioma fang.

Mininga. En idioma fang significa «mujer». En la época colonial, los españoles llamaban así a sus amantes negras.

Ndowe. Etnia del sur de la región continental de Guinea.

Ndzue. En idioma fang significa «jefe guerrero».

Nkoro. Lagarto muy común en Guinea, que abunda en los jardines públicos y puede llegar a medir un palmo de longitud. Come insectos y el macho tiene la cabeza roja mientras que la hembra es de color pardo y más pequeña.

Nkue. Tradicional instrumento de percusión guineano.

Pepe-súp. En pidgin, guiso muy popular en toda Guinea. Consiste en un caldo picante con patatas, tomates, cebolla e indistintamente carne o pescado. El nombre es una degeneración de la expresión inglesa «*Pepper-Soup*».

Pidgin. Una suerte de slang derivado del inglés, o un inglés deteriorado, que se habla en la isla de

Bioko, en Nigeria y en zonas de Camerún, sobre todo en los mercados, como una lengua franca de utilidad comercial. Se pronuncia «pichín».

Taxi-país. Taxis colectivos que se utilizan como medio de transporte entre distintas localidades. En el interior de las ciudades, se llaman simplemente taxis.

Agradecimientos

Entre los libros que he utilizado para orientarme con esta historia, debo destacar las novelas de Donato Ndongo, los poemas de Francisco Zamora y el estudio de Gustau Nerín *Guinea Ecuatorial, historia en blanco y negro,* del que he tomado muchos datos.

Mi especial agradecimiento por su ayuda a los numerosos amigos que dejé durante mi estancia en el país en abril y mayo de 2007. En especial, a Myriam.

El papel utilizado para la impresión de este libro
ha sido fabricado a partir de madera
procedente de bosques y plantaciones
gestionados con los más altos estándares ambientales,
lo que garantiza una explotación de los recursos
sostenible con el medio ambiente
y beneficiosa para las personas.
Por este motivo, Greenpeace acredita que
este libro cumple los requisitos ambientales y sociales
necesarios para ser considerado
un libro «amigo de los bosques».
El proyecto Libros Amigos de los Bosques promueve
la conservación y el uso sostenible de los bosques,
en especial de los bosques primarios,
los últimos bosques vírgenes del planeta.

Papel certificado por el Forest Stewardship Council®